90后 零姿态

I0691118

离魂记

三三 著

世纪文景

世纪出版集团 上海人民出版社

上海世纪文睿文化传播公司 出品

我可能是全上海最懒的小说作者。

开玩笑，其实很喜欢自由散漫的生活状态，既不用蓄力和人攀比，也不用委屈附和各种法则。只是会有副作用：习惯性赶稿头痛，而且即使有三头六臂也没用，那只会导致三个头一起痛。

几年前在三岛由纪夫的书里看到一句话："感动本身不是欢喜，也不是哀叹，而是生命力的一类。"忽然领悟到自己写故事的意义所在，我觉得我不能再往下写了，否则难免越写越矫情，如果你凑巧看完了这本书，请帮助我归纳续写一下。

——三三

目录

离魂记

火烧云降落在鲜花镇的那个黄昏,王宙正蹲在水池边洗草莓。

草莓是倩娘从庄园里摘来的,像是跟草莓藤结过仇似的,她一口气摘了四大筐草莓,把它们搬回家几乎耗掉她半辈子的力气。倩娘叫醒了打瞌睡的王宙说,去取半盆草莓,洗干净。王宙揉了揉眼睛,在那场被倩娘打断的梦里,他已官至宰相,马上就要根据秘密计划杀死武则天自己做皇帝,这样的梦忽然中断让他很遗憾。实际上,王宙也不情愿做洗草莓一类的家务,若别人这样差遣他,他肯定早就暴跳如雷,并用一百二十分贝的音量对对方说:"滚你妈,老子生在这世界上可不是为了给你洗水果用的!"但对象是倩娘,这又是另外一回事了,实际情况是这样的:王宙"砰"的一声从床上跳起来,撩起袖子给自己打了几管鸡血,然后精神抖擞地洗草莓去了。为了表达对倩娘的爱,王宙把倩娘换下的草莓小内裤也放进了面盆里,打算与草莓一起洗。他表现得那么阳光那么积极,倩娘永远也没办法知道他心里的怨念。

时值清明前夕,草莓争先恐后地生长起来,对着半盆形态各异的草莓,王宙感到索然无味。他洗得有些无聊,就从盆里挑出最大和最小的草莓,把它们举到离地一米五处,打算同时松开两手,看它们谁先落地。从这里我们可以得出结论,王宙是个聪颖有悟性的人,一千多年后,我们可以看懂王宙这个举动是在物理建模,但当时的人只觉得他在糟蹋草莓,包括他自己也这么认为。来看看"草莓自由落体运动"的结果,王宙放开手,两颗草莓同时砸在水池边的泥地上,化成了两堆草莓酱。王宙根本来不及区分它们落地的先后顺序,他叹了口气。用王宙的眼光来看,那颗大草莓的年纪已接近七十岁,小草莓大概也有十岁出头,现在它们都以惨淡的方式死去了,白白牺牲两颗草莓却没得到任何结果,这着实很可惜。而就在王宙负面情绪刚滋生的时候,火烧云来了。

鲜红的火烧云是天神最完美的坐骑吧。王宙面对着瞬息万变的天空,俨然感受到另外一个世界的车马涌动,可惜他在单调的生活里沉沦了太久,许多词汇因为使用频率过低早已脱离了他的脑海。此时此刻,除了瞠目结舌,他竟做不了任何表达。只见盆里的草莓红了又紫,紫了又金,金了又红。当夜幕将火烧云驱逐出鲜花镇时,草莓上的最后一层红色还不肯退去。王宙抓起一把草莓,一股火烧云特有的浓郁气味钻入他的鼻翼……等他回过神来,才意识到自己的自作多情,草莓上那层看似滚烫的红色并不是火烧云的遗迹,而是因为,草莓本身就是红的。

王宙抱着半盆草莓进了屋子,倩娘已准备好晚饭。虽然这是大唐盛世,但私奔的小姐书生没什么存款,只能过着难民一般的日子。王宙一点也不介意,生活水平如何提升这类抽象的问题还是交给领导们去烦恼吧,只要能和倩娘在一起,他就很满足了。倩娘给他盛了饭,简短地说了句,吃吧。倩娘低着头,王宙调整了好几次角度,都无法看清她的表情,只知道今天倩娘穿了水蓝色的衣服,腰带系得很整齐,那张看不清的脸想必也很美丽。王宙端着饭,突如其来地,他觉得很孤独,然而不知道为什么,脑子里出现的却是火烧云茂盛时的情景。

假如你看过陈玄佑的《离魂记》，一定觉得王宙和倩娘是对无比恩爱的夫妻，说不定你还拿这个例子去教育过很多人。假如你没看过《离魂记》，只看过上一段文字，一定也觉得王宙和倩娘是对无比恩爱的夫妻，因为王宙是何其努力地爱着倩娘。不过，这只是你的误会罢了，现实生活那么复杂，仅凭"恩爱"一个词语怎么可能概括？

王宙是个好丈夫，尽管他酷爱赌博，而且有个美貌的女道士小情人，但他依旧是个毋庸置疑的好丈夫，放在千年前或千年后来看都一样，因为他把妻子放在了一个至高无上的地位上，他很爱她。

时隔五年，王宙依然记得倩娘跟他私奔的那个夜晚。那是个椅席炙手的夏夜，唐朝人虽然智力高超，但由于当时的风俗是集体轻视理工科，所以没人能发明出空调，连电风扇也不能。平民百姓一般用比较低端的方法避暑：吃水果。于是，无论哪个时辰，河边都有好多人在洗水果。如果没常识的人看到这一幕，想必以为西瓜和李子是从河里长出来的。而通常唐代皇帝热得焦头烂额时，他就认为是因为国里阳气太重，男人属阳女人属阴，所以他把城里的男人都赶到边塞去充军，独自霸占了全国的漂亮女人。王宙所处的时代，掌权的是武则天女皇，这样的事固然不会发生，因此整个夏天，满城人山人海。

那一晚，王宙正要坐船离开衡州。一个人选择离开或抵达某个地方，总有他独特的理由，王宙的理由便是倩娘。倩娘的父亲叫张镒，张镒是王宙的舅舅，如此算来倩娘应该是王宙的表妹。王宙和倩娘从小一起长大,喝着同一眼井水,欺负着同一群仆人,在彼此还懵懵懂懂不懂爱的年纪,王宙就确信了此生非倩娘不娶。舅舅张镒是过来人,对王宙的那些小心思也算了如指掌,他曾答应王宙,日后等倩娘长大成人,就把她许配给王宙。然而,张镒对自己的许诺并不重视,隔了几年,有人向张镒提亲,张镒不假思索地就答应了。王宙知道这件事后,表面上不在意,背地里整整三天不吃不喝,抱着枕头迎来一波又一波的痛哭流涕。其实很多人都是这种性格,骨子里明明是个软弱、凡事只会坐以待毙的人,却异常在乎自己的自尊心。再三犹豫之后,王宙决心离开衡州,就算别处没有爱情带来的怦然心动,但也不至于有求之不得的痛苦。

那是五年前的王宙,除了一个破布包和满脑子不切实际的想法,他一无所有。按王宙的计划,他要走水路去皇城长安,根据调任制度做一名小京官,此后好好巴结上司,尽量找机会攀龙附凤,以后总有机会能衣锦还乡强抢倩娘,就算等十年也好,二十年也罢。

王宙一边盘算着未来,一边跳上船。先前提到,由于天热的缘故,全城人民出动去河边洗水果,河道被浮瓜沉李阻塞着,所以船开得很慢。王宙站在甲板上,岸边洗水果的人群中,固然也有或艳丽或淡雅的美貌姑娘,甚至还有青楼出身的专业人士,她们把袖子挽得很高,有的还故意把西瓜摆弄出响声,但是王宙对她们一点也提不起兴致。月光抖落在他的长袍上,烦躁的情绪如蒲公英般在他身体里散播开。此时他觉得,全世界的聒噪都比不上倩娘的顾盼一笑。

就在他感到虚汗浮出,神志不清的时候,他发现远处有个人影跟在船后,一边还对着船大喊起来。王宙读书太多,有些近视,只看得清那是个穿着白衣服的女人。在大部分故事中,穿白衣服的都是女神一类的人物,因此王宙看到那个人影时,条件反射似的想到:跑来的该不会是倩娘吧。船开了两个小时,白衣女人依旧边喊边追着船跑,她始终和船保持着相对静止,音量却和时间成正比增长。在"两小时"这个点,她的音量恰好达到可以使全船听清她声音的程度。她在喊:"王宙——王宙——王宙。"直到这时候,王宙才如梦初醒,原来那真的就是倩娘。

此后的事就显而易见了,王宙清除了所有的未来计划,拉着倩娘躲进了船舱,后来又拉着倩娘躲进了蜀中的鲜花镇,一同消磨了五年的青春时光。王宙还记得,私奔的那天晚上,倩娘走得很匆忙,连鞋子也没穿。而王宙就拥抱着光脚的倩娘,沉湎在泛着女人香气的夜色里,不知今夕何夕。

如今回想起五年前的事,王宙仍然会怦然心动,随之而来的也有内疚。定居鲜花镇以后,王宙每天无所事事,最终在赌场找到了自己的人生价值。唐代的时候,骰子已经成了一种独立的赌博用具。骰子与双陆不同,不太需要动脑筋,这很合王宙胃口,他读了那么多年书,随口就能把孔子的家谱列出一长串,结果还不是做了鲜花镇的无业游民。大概是因为不甘心,凡是要动脑筋的事,他都深恶痛绝,却无比眷恋懒懒散散的生活。实际上,王宙的赌瘾并没有那么重,他绞尽脑汁偷了家里的伙食费去赌场,是希望倩娘会制止他,希望有一天她对他说"不要去赌了,留在家里吧"。然而,每次倩娘都只是不冷不热地对他说,只要你开心就好。不知道为什么,王宙觉得很失落,于是他不得不变本加厉。

吃过了饭,王宙正自觉地打算洗碗,倩娘却忽然叫住了他。她说，我琢磨了好几天，还是很想回家。王宙有些摸不着头脑，他一时想不起来，哪里还有别的可回的家。他不敢问，怕倩娘抱怨他不理解她，只好默默地转过脸，等倩娘把话说下去。倩娘说，我们回衡州吧，那里残存着我的记忆、我的旧情绪、我身体的一部分，它们时刻在召唤我，让人实在不能忍受。

王宙用油腻的手摸了摸头发，迟钝地说，好的。此时此刻，王宙第一想到的，是怎么和那个黏人的女道士小情人道别。

3

晚饭后，王宙去镇里的邮局取他哥哥的信。王宙的哥哥叫王宇，兄弟俩从小分开，但哥哥不时会去张家探望王宙，自从王宙出奔蜀中后，两人一直保持着书信来往。哥哥讲，他一切安好，娶了个衡州美女，又一溜烟跑去了清河做官。还说，他日若有机会，必当相见。

王宙叹了一口很长的气，然后将信藏进了口袋里。他有些埋怨哥哥，假如哥哥把信写得更长一些，他就可以用读信来消磨掉更多的时间，而不用立刻面对"去赌场"和"去见女道士小情人"这两个选项，难以抉择。那是四月，温润的风在街上来回翻滚，王宙茫然了一阵子，最终鼓足勇气走向小情人的家。

王宙和小情人的关系是极其私密的，倒不是害怕邻居们的闲言闲语。王宙这个人很豁达，他知道"王宙"也好，"倩娘"也好，最终都会消失在茂密的时间丛林里，和无数个"生卒年不详"的大众名字一同蜷缩在历史书的角落，所以他根本不介意别人对他的看法。之所以不公开，是因为他不想给小情人任何名分，倩娘就像氢气球一样浮沉在他心里，占领着他的感情。讲到这里，一定会有人提出异议，既然王宙对倩娘的爱如此浓郁，为什么还要另觅情人呢？这个问题王宙自己也思考过，他得出的结论是：因为倩娘变了，变得冷淡而又喜怒无常。后来他也怀疑过，这可能是他的错觉，因为他孤独太久，对世界上存在的秩序和理智茫然失措，所以很可能是他误解了倩娘。可惜他和小情人的奸情木已成舟，退路被堵死了，不过不管怎么样，他对倩娘的爱始终只增不减。

王宙对待小情人，就像对待一件私有财产一样。用法律的专有名词来讲，王宙掌握了对小情人的所有权。王宙要保持恋情的私密，于是把小情人藏在一个密不透风的酒窖里，并找到个适合她身材的酒缸给她睡觉用，为了方便小情人呼吸到新鲜空气，王宙还特意在墙壁上挖了几个小孔。做完这一切，他拿一把五公斤的锁吊在酒窖门口，从外反锁了小情人。作为旁观者，我总觉得王宙这样做很残酷，但愚蠢的小情人却毫不在意，反而认为这是王宙爱她的一种方式，她感到无比惬意。这个女人对生活充满无休止的热情，这也是王宙喜欢和她在一起的原因。

那天王宙打开锁，由于是晚上，酒窖里一片漆黑。王宙做贼心虚似的轻声地问，喂，你在不在？回声像狡黠的老鼠在屋子里游荡，却没有任何回应。王宙反复问了几遍，屋子里始终没其他动静，他吓了一跳，难道这个女道士新学会了开锁的道术，偷偷出去了么？不过王宙的主流情感并不是惊吓，而是不耐烦，他烦躁地骂了一句，早知道老子去赌场了。直到他摔门要走时，小情人才从黑暗里跳出来抱着他，一副快要哭出来的样子，她说，人家只是开个玩笑嘛。

两人在黑暗里对坐了一会，王宙讲了几则老掉牙的笑话，小情人笑得花枝乱颤。那时酒窖里很黑，能让彼此有存在感的唯有声音而已，小情人觉得，如果自己不笑了，那么突如其来的安静一定会让王宙感到压抑，所以她不愿意停止。王宙则是另一种想法，首先小情人的笑让他意识到自己很有幽默天赋，自信感油然而生。而同时他又想，这个女人怎么这么蠢，什么都要笑。

过了一会儿，王宙把能讲完的正常笑话都讲完了，就开始讲黄色笑话。古代人很了不起，没有电子产品，没有快播，但欲望却不可能浓缩，因此他们大概都具有很强的想象力吧。小情人明白了他的意思，也顺从了他，她就像只三个月大的松鼠，温柔而羞涩。事后，王宙恢复了男子最理性的时刻，他本想好好组织一下语言，尽量用能避免小情人伤感的词语，结果又发现这没有意义，于是他很直接地对她说，过两天我要走了。

小情人从酒缸里跳了起来，声音听上去很愉快，她说，好呀，带上我一起呗。王宙的眉毛皱成了百褶裙的样子，他说，不行的。想了想他又补充了一句，你想去哪里自己去吧，我可能再也不回来了。隔了几秒，小情人才缓过神来，她说，不要嘛，我以后再也不躲起来吓你了。她讲话的腔调让王宙于心不忍，后来王宙听见她哭了，她经常哭，以前王宙总觉得很烦，那天却发自内心地怜悯她。王宙说，你先别哭啦，我再想一想。

对话完了，王宙摸了摸口袋，发现里面还有几片银子，等会估计还能去赌场轻松一下。想到这里，他每分钟一百八十下的心率就平缓了很多。小情人僵硬地坐在他旁边，她说，那好吧，你两天后再来找我一次，我们最后聊一次。王宙随口答应了她，她又反复叮嘱了他几次，王宙便出了门。锁门的时候，他隐约听到她哽咽的声音，她说的大概是，锁得紧一些吧。

　　"小情人"这个身份,本身就是很艰辛的。世界上只有一小部分天赋异常的姑娘能驾驭它,其中有手段的更是把它发展成了一种职业。女道士不是这样的人,她善良、脆弱,又极其缺乏安全感,尽管平时热情开朗,但无法改变自己的本质。

　　在这漫长的两天里,小情人饱受折磨。王宙一走,她就开始挖洞。她以王宙以前挖给她透气的小孔为基础,每时每刻不辞辛劳地扩张它。实在累得受不了,她就把自己幻想成一只地鼠,然后用地鼠的思维激励自己。挖着挖着,指甲裂开了,血落在水泥上,长久不止。她毫不在意,简直像吃了摇头丸,把生死置之度外。由于小情人很瘦,所以挖了几个小时就能钻出洞。她找了个竹篱笆,遮在洞上,甩了甩还在冒血的双手就走了。

　　那时天刚亮,灰蒙蒙的表皮还不曾褪尽,小情人带着一身酒酸气上了街。我们都知道,小情人被王宙非法拘禁了好一阵子,刚出来肯定很兴奋。鲜花镇的商贩开业都很早,所以这时街上已热闹起来,而尽管满腹忧愁,小情人还是蹦蹦跳跳像只兔子。她用很早以前攒的私房钱买了些需要的东西,因为她被关得太久,通货膨胀让她瞠目结舌。本来以为可以过完下半辈子的私房钱,买了没多少东西就用完了。小情人很沮丧,她跳过了几个街角,忽然看见了一个很特别的女人,她暗自叹了口气,她想,这就是我要找的人了。

　　我们很容易就能推理出来,那个特别的女人是倩娘。小情人第一次见到王宙的时候,他在给倩娘买棉花糖,所以她顺便也见到了倩娘,这是她们唯一一次见面。时隔数月,目光再次触碰倩娘的脸颊时，小情人还是不禁打了个寒战。她本能地向后一缩，待倩娘走远，她才慢慢探出头，稍一迟疑，最终跟上了倩娘的脚步。两人始终保持着十来米的距离，后来天色清明起来了，街上人也越来越多，吞没了她们两个的身影。

小情人跟踪倩娘，并没有什么特定的目的，她只是想仔细地辨认一下，王宙深爱的女人究竟是什么形状的人。小情人是个道士，从小师傅就教育她，做人要谦虚；骄傲的人不好，骄傲的人走路容易踩到香蕉皮。于是她靠着自卑戒掉了天性里的高傲，就在她尾随倩娘的时间里，她无时不感到自卑的元素在身体里流窜，让人很想大哭一场。据小情人事后回忆，当时倩娘的行程是这样的：先去早市里卖掉一些刺绣品，然后买了个酥饼做午饭，接着一路走到了巷口，对着远处眺望了很久。跟踪到这里，小情人感到一阵心力交瘁，她不得不快点回家，回到那个酒气浓重的小黑窖里。

跟踪倩娘的事，小情人在两天后向王宙坦白了。她还归纳了她的跟踪结果，对王宙说，不否认倩娘是个很美丽的女人，并且她可能还很温柔善良，可是她身上的人的气息很单薄，她和我们不是同一世界的人。这些话，王宙当然没听进去，道士本来就容易疑神疑鬼，他很能理解小情人的嫉妒。嫉妒的味道，他自己也品尝过，比如他曾经以为哥哥王宇也同样深爱着倩娘，那时他恨不得把哥哥剁成肉酱。直到后来哥哥娶了别的女子，倩娘也随他私奔到鲜花镇，他才真正释怀。

如约见了小情人的王宙，那天真被吓得不轻。他看到墙上多出了个狗洞，小情人分明是出去过的样子，他又惊又气，觉得自己受到了忤逆。那次约会，小情人一改往日不修边幅的模样，换下道士服,穿起刺绣精致的高腰襦裙,脸上还均匀地粘了胭脂粉。为了让王宙能看清自己,她还特意买了蜡烛。她点了那么多蜡烛,导致王宙一直提心吊胆,怕风一吹酒窖就会着火。此外,她还准备了很多菜,看上去色泽艳丽,吃起来却都有点腥气,大概是因为小情人做饭时,破裂的指甲里一直渗出血液吧。

小情人说,求求你啦,不要走嘛。王宙说,不行的。小情人说,那这样吧,把我藏在酒缸里,封起来一起带走。王宙说,不行的。小情人说,或者……你每两个礼拜来看望我一次吧。王宙说,不行的。小情人说,那每隔一个月好啦。王宙说,不行的。

小情人今天打扮得很美丽,王宙想,要不是因为我,她一定能找到愿意给她很多金子很多疼爱的男人。王宙狠狠地喝了几口酒,抬起头的时候小情人又开始流泪了。

小情人说,王宙啊,我长这么大只爱过你一个人,你走了我没办法活下去了。小情人说,我还记得我们是怎么认识的。那天师傅带我路过蜀中,在摩肩擦背的人群里,我一眼就看到了你。后来师傅带我去饭馆吃饭,我们点了很多菜,我告诉师傅我要留在这里,因为这里的菜很辣,很合我胃口。师傅问我那你哭什么,我说,因为辣呗,辣椒吃多了都要哭的。我抛弃了过去的生活,而去尝试另外一种毫无把握的生活,你根本无法知道那需要多大的勇气。你要走了,也许你以后会遇上更雍容更美好的生活,可是再也不会有人像我这样爱你了。小情人说,王宙,我知道你很孤独,我们是一样的,所以我尽自己的所有力量来维持你的快乐。我越是渴望被爱,越是主动来爱你,因为你就是我自己呀。

小情人还想说更多的话,王宙捂住了她的嘴巴。王宙说,你说的一切我都相信的。而也就是在这一刻,王宙大彻大悟,他终于下定了离开这里绝不回头的决心。因为他确信了,小情人对他是极度认真的爱,这样厚重的感情会抵消他的自由,他承受不起。这里小情人的理解又不同,对于王宙的毅然离去,小情人认为是他从来没爱过她,女人大抵都是这样无理取闹的吧。

王宙把手从小情人的嘴巴上拿了下来,手心上的红色唇膏印让他觉得反胃,这更坚定了他离开的决心。

5

和小情人约会后的第二天,王宙就带着倩娘乘船走了。倩娘如愿以偿了,但却并没有流露出很高兴的情绪,依旧是不冷不热。两个人坐在船上,王宙搂着倩娘消瘦的肩膀说,如果舅舅同意,回去以后我们俩办场喜宴吧。倩娘仰着脸,嘴里念念有词,仿佛在数着天上的星星。听到王宙热切的话语,她停了下来,说,好啊,你决定好啦。

王宙对着倩娘的侧脸端详了一会儿,她美丽得像一块冰毒,王宙品味了她五年仍觉得津津有味。女人能用来长久吸引一个男人的,大概只有美貌吧,倩娘在这方面很有天生的优势。这时的王宙,其实心里还是很忐忑的。他不知道舅舅张镒会怎么处理这件事,大发雷霆把他收押监狱?或是默认了这样已经水到渠成的婚恋?不过无论如何,他是不会和倩娘分开的,大不了就殉情,谁拿他们都没办法。

陪倩娘看了一阵夜色,王宙回到了船舱里。他要写封回信给哥哥王宇,告诉他,他要回衡州了,可能还会举办婚礼,也可能办不成,在这两种情况下他都希望能见哥哥嫂子一面。王宙认为哥哥也爱过倩娘，所以一直不敢把自己的妻子就是倩娘的事情告诉哥哥。这次他回去，不管结果如何，他都准备把自己是倩娘丈夫的这个事实向世人宣告。

王宙托着腮坐在木桌前，信已写了三页纸写到了尽头。百无聊赖之际，王宙想起了他的女道士小情人，他记得他遗弃她的那一刻，她盛装蜷缩在酒缸里，像感染了瘟疫的小病猫。她本身是个很有天赋的道士，因为他而改变了整个人生走向。唐代还没有"制服诱惑"这个名词，但穿道士服装的女人很性感，倒是大家公认的。说实话，王宙挺喜欢她的，尽管不能和爱倩娘相提并论。

王宙有些难过，仿佛遗弃她之后才发现她的珍贵似的。他静静地把和女道士小情人相处的记忆扫描了一遍，她是个很可爱的女人。王宙记得，小情人给他表演过炼金术。这是一种很高端的法术，一般道士就算为这个法术耗尽心血也没什么成果，别说黄金了，就连土豆都变不出半个来。小情人很年轻，却已粗通这门法术。她先把泥土捏成金子的样子，然后扭来扭去唱了几句歌，泥土就翻身成了金子。那次演示完炼金术后，小情人惊喜地抱着王宙。她几乎叫嚷着，说自己真正学会了炼金术，以后可以给王宙变金子，让他的生活富足一些。然后她给王宙做了一番解释，她说，认识王宙之前，她就能把泥土变成金子，但是因为技术不够精湛，变出来的金子会发出阵阵尸臭，而且最多一刻钟就会变回泥土。但是现在不一样了，她变的金子已全然摆脱了尸臭，她觉得这是因为王宙给她整个人带来了积极的改变。小情人把变出来的金子送给了王宙，王宙打算上交给倩娘，顺便自己贪污一小部分，用来投身赌博事业。然而，一走到街上，王宙就发现不对了。这些金子被光一照射,瞬间变回了泥土的本性。现在王宙想起这件事,有种说不出的感慨,但他怎么也分析不清其中有什么暗示。

在回忆里行走了片刻,王宙意识到他根本不知道小情人叫什么名字。他对她的称呼是"喂",没有任何累赘的字,他就这样叫了她整整几个月,一点也没觉得别扭。这时,王宙险些后悔得哭出来,他把这种伤感解释为他是个很善良的人,他觉得他亏欠了小情人太多。王宙虽然很迷糊,可是我明白,在这个故事里,这个女道士小情人虽然没有名字,也没得到多大的爱,但她却是活得最鲜明的一个角色。王宙会感慨欲落泪,是因为他的感动。

船舱外的天色又黑了几层,倩娘文雅地走回王宙身边,她冲他清淡地一笑。和平时不同,王宙并没有心花怒放,反而越发伤感起来。

6

《离魂记》的精髓到此要开始展现了:过了一夜,承载了王宙和倩娘的船抵达衡州。倩娘掀起挂在船门上的帘子,感到异常神清气爽,这种微妙的喜悦也感染了王宙。他睡了一觉,昨天夜晚的伤感现在已荡然无存。一致怀着对未来的美好预感,两人齐步跨上岸。倩娘愉快地说,啊,那种召唤更清晰了,我们快回家吧。

倩娘牵着王宙的手向张府飞奔,王宙觉得他们仿佛重新回到了热恋的时代,那个喜怒无常的倩娘被重回故乡的喜悦赶走了。拐进大街,张府的仆人先看到倩娘,大声向倩娘招呼道,小姐,你怎么在这里,快点回府啦!倩娘毫不吝啬地向他投以微笑,她一字一句地说,嗯,我回来了。

跨过张府的大门门槛,倩娘一一向旧日的仆人打招呼,笑得像朵明艳的黄色小花。王宙却觉得很不对劲,因为大家都是一副莫名其妙的表情,还多少掺杂了点惊讶。往里走几步就到了客堂,张镒和夫人恰好在那里喝茶。倩娘走到他们面前,双手向后背着,宛如昔日的顽皮少女,她对他们说,我回来啦。就在张镒和夫人一头雾水的时候,另一个倩娘从房间里走了出来。

　　两个倩娘长得一模一样,连身上穿的衣服也不约而同。在场的所有人都目瞪口呆,王宙还没来得及喊出"这到底是怎么回事呀",两个倩娘就重叠在一起,合并成了一个人。张镒、夫人和王宙见证了这一幕,好长一段时间都无法缓过神来,最后还是倩娘推了王宙一把,他才渐渐明白过来。那时候他觉得倩娘喜怒无常,其实是因为有两个倩娘,两人的情绪互相影响;对他冷淡也是因为身边的那个只是完整倩娘的一半,拥有的热情也只有一半。一切仿佛突然水落石出,小情人也没有骗他,当初身边的那个倩娘确实和他不是同一个世界的人。

　　直到几天之后,张家才恢复了正常的运转。倩娘把他和王宙的事一五一十地告诉父亲,张镒宽宏大量地表示谅解。况且因为之前看到倩娘离魂这样诡异的事,张镒更确信是上天注定王宙和倩娘要在一起。实际上,我还真没看出,张镒怎样推理才能把这样的事解释为"上天注定王宙和倩娘要在一起"。古人就是如此单纯的,单纯也挺好。

　　这么一来,王宙和倩娘的事大体就定了下来。张镒本来是个很抠门的人,但为了给女儿筹办个名正言顺的婚礼,他从保险箱里取出了大笔黄金。倩娘也比从前开朗多了,对王宙来说,人生简直有了个一百八十度的大转弯。那些昔日簇拥着他的压抑，如今已随风流逝。更值得为他庆幸的，是他把赌博这个恶习也戒了。

王宙和张镒约好，等他的哥哥王宇到达衡州，就是他和倩娘婚礼的举办之时。张镒翁婿俩整天在书房里，相谈甚欢。王宙告诉张镒，他哥哥王宇过两天就来了，他是个不小的京官，百忙之中特意回来出席弟弟的婚礼。张镒呵呵地笑了，他赞同地说道："是啊，你们走后，你哥哥王宇来看望过我几次，跟小时候比起来，他愈加成熟愈加气宇轩昂了。以后你们兄弟两个一起好好打拼，一定前途无量的。"

王宙和张镒即是如此在书房里消磨了好几个日夜的，有时候两人沉默不语，张镒的胡须被柔情似水的风玩弄着，两人心照不宣地对视一笑：这个结局真够美好的。

7

婚礼到来的那一天，形色各异的宾客聚集在张府。人们怀揣着各自的八卦之心，争先恐后地望向新郎新娘，甚至还有人伸出手扯扯他们的衣襟。王宙的哥哥王宇本来说好前一天到，但在婚礼开始的前一刻还没现身。王宙固然有些焦虑，但也没有多在意。毕竟请柬都发出去了，宾客们也都饿了好几天，饿到了极点，准备在婚礼上大吃特吃，以弥补送出的红包钱。

王宙和倩娘分别被固定在绣球的两边，按照传统习俗举办着婚礼。酒过三巡，王宙听到门外传来一个熟悉的声音，他回头一望，正是王宇来了。王宇迅速走过来握紧他的手说，弟弟，船家延误了时间，我现在才到，真是很抱歉。王宙咧开嘴笑了，他说，没关系,哥哥能来是我最大的荣幸。王宙正打算拥抱王宇,王宇猛地把他推到一边,回头对着门外喊道,害羞什么,快进来呀。

这时,门缓缓地推开,门外走进一个王宙再也熟悉不过的女子,他情不自禁地大喊了一声。倩娘扶住了差点摔倒的王宙,一边扯下了红盖头。那个女子满面春风,向王宙和倩娘逼近。接着,神不知鬼不觉的,她迅速地和倩娘重叠起来,融为了一体。

枕中记

我从来估量不清办公室的大小，它窄小、闷热，紧裹着一系列思维狭隘的工作方式；但与此同时，它又大得能容纳错综复杂的人际关系，还夹杂着无止境的抑郁。

　　我的编辑就坐在这间办公室里，她是个说不出年纪的女人，常年穿着红色的外套，像一包永远挤不干净的番茄酱。编辑递给我一样东西，在她看来是一块寻常的好丽友派，在我看来却是手术前的一剂麻药。实际上，编辑很和蔼，她绝不是什么魔鬼，她骨子里是她自己，不过这比魔鬼更让人害怕。"最近有个稿子，又要辛苦你写一下了。"她职业性地叹了口气，弓起背把一堆材料搬到我面前。我想偷瞄一眼她的表情，以确定她对这篇稿子的要求是否严格，可是资料堆叠起来实在太厚，把她深深埋在了背后。

　　在分派给我的故事里，有一座被无数人写过、已写得千疮百孔的城市：长安。材料提供了包罗万象的信息，这些信息真假难辨，都是从前人写过的长安里归纳出来的，有些可能和真实沾点边，有些则是纯粹瞎编迎合读者的，反正不管什么，最终都落成了材料。我在各种材料里翻了很久，终于写出了一个开头：

　　"月亮是夜的宣布者，长安的月色更是活色生香，它属于女人。无论多晚，河边总有没傍上富家少爷的女人在洗衣服。她们一边搓着手，一边咒骂着不成气候的丈夫，有时还会顺理成章地流一番眼泪。由于长安属大陆季风性气候，昼夜温差很大，夜晚常冷得像墓室，所以眼泪一流下来就结成了冰。更有想不开的，随手就跳了河,可惜长安的历史已饱和,那些跳河死去的没一个留下姓名。"

我不喜欢这个开头,若要挑毛病就是缺乏逻辑性,对女性不够尊重,而且讲得太凄凉了,就像在影射我自己一样。发完几十秒呆,我终于决定还是从长安的白天写起,那时候街上人山人海,人们怀揣着不同层次的阴谋与欲望,隐藏在一片熙熙融融的氛围里……

就在那个四月的下午,长安的里巷又掀起了一股燥热。起初,人们低头窃窃私语,遇到熟人时才讲起这件事。然而长安居民素喜热闹,爱交朋友,每个人都有好些个熟人,经过这样散发性的口口相传,最后这成了人尽皆知的一个大热闹:正二品大官沈既济将回京。

沈既济原是京城的史官,后奉命下调去苏州考察,由于皇帝没宣布考察期限,所以大家一时都以为他失去了宠爱,再也不会回来了。谁知过了五年,瓦解了朝廷中的几个党派后,皇帝又想起了这个人,下旨把他召了回来,官复原职。这道召回指令只需皇帝动一动嘴唇,却使朝臣人心乱动,沈既济的旧友自然高枕无忧,而那些在他落难时落井下石的人则要开始重新盘算,要是算盘不小心打翻了,也只好凭一句"造化弄人"聊以自嘲。唯独这群平民百姓,不管遇到什么事,不管朝廷里谁得谁失,只要有热闹看,他们就很高兴。

那时候山茶花已开得烂醉如泥,沈既济骑着马进城门,激起了一阵香气。百姓们搁下手边的事,选好视角最佳的位置,只等沈大人从他们面前经过。人们争先恐后地围观沈既济,还有一个原因:

他女儿长得很漂亮。古往今来，漂亮的女人总会得到偏爱……我本应该多做一些描述的，但不知道为什么，一提到"漂亮女人"我就立刻变得小肚鸡肠起来，恨不得立刻放下笔，跑去实验室研究硫酸。我想，故事里那么多女性百姓，总有一些是和我一样心胸狭窄的，但这反而更增加了她们的好奇心，偏要来看一看沈既济的女儿长什么样。

举例说来，小芍就是这样的女人。小芍嘟着嘴站在人群里，旁边是个高瘦的男子，袖子被小芍紧紧攥着。沈既济的车队还没路过小芍这边，但远方的呼声已经暗示了沈大小姐的美貌，这让小芍很不开心。她静静地等候着，周围的人声鼎沸让她头晕。

小芍回过神来是因为她身边男子的情绪变化，他伸长了脖子，忽然变得亢奋起来。小芍瞪了他一眼，他似乎并不在意，反而更加趾高气扬起来。他伸手指着雕车里的沈小姐，对小芍说："我梦醒以后，要娶的就是这样的女人。"小芍听不清，他就大声反复说了好多遍。他说得太响了，不止周围的旁观者，连沈既济也听见了。

寂静之后便是一片爆笑，沈大人停车下马，眯起眼睛在人群中搜索那个最大胆的人。不等沈大人抓到元凶，好事的人已经先喊出了他的名字，"哟，是卢傻子呀——"人们念着"卢傻子"三个字，幡然醒悟似的，又此起彼伏地笑了起来。

索性沈既济脾气也不坏，恰好又赶上他回京的大好日子，他心平气和地冲着高瘦的卢傻子说："你倒还是个名人呐，是个什么来头呀？"

卢傻子愣住了，面色泛红起来，而身边的小芍比他更紧张，仿佛真的做了什么十恶不赦的事，连争辩都不敢。这便又给好事之徒捡到了机会，几个人七嘴八舌地把卢傻子的身世讲了一遍，沈既济是个文官，归纳能力极好，总算也听懂了：卢傻子不知得了什么疯病，以为周边的一切生活都只是一场梦。多年以来，他想方设法要从梦里醒来，回到他原先的生活里。

沈既济沉吟许久，叹了口气说："卢傻子啊不傻，也许是个绝顶的聪明人呢。"

沈大人收紧缰绳向马儿发出了前进的命令，百姓们连忙缩起笑容，摆出一副恭敬的样子。直到沈大人走远，大家才伸出食指，一边嘲讽一边往卢傻子身上戳去，"癞蛤蟆想吃天鹅肉哟。"从古到今，人都是这副模样。

小芍作为卢傻子的女伴（之所以说女伴，是因为卢傻子不肯娶她），卢傻子的话让她颜面尽失，然而一见人们欺负卢傻子，她的心便被另一种仇恨主导了。她啪啪地打掉大家的手指，泼辣而流利地用脏话反击，长久以来，对卢傻子的保护造就了她"长安第一泼妇"的名声，尽管她身材并不高大，但人人畏她三分。这种"畏"倒也不是真的害怕，而是怀着"这个女人很麻烦，没事别去招惹为好"的想法，实际上，是带着一点看不起的意味的。

人群渐渐散尽，小芍拉着卢傻子往家的方向走。她用力掰着卢傻子的手腕，想让他痛得满地打滚，以发泄自己的委屈，可是卢傻子只是一言不发。小芍依旧嘟着嘴，走了一阵，见卢傻子对自己不闻不问，刚才的情形倍加深刻地浮现在她脑海里。小芍松开卢傻子的衣袖，站在长安大道最繁华的地段，忽然哭了起来。

我把脸埋在手臂里，想象着小芍哭泣的模样。不知道为什么，她哭得活灵活现，险些带动我自己的泪腺。为了防止感情用事，我只好翻出材料，让那些数据和无关痛痒的细节来冲淡这种伤感。

根据材料显示，唐玄宗年间，长安城里出了个有名的卢傻子。他常年浑浑噩噩地过着生活，已到壮年还没有家业，身边陪着个没有名分的女人。但和其他市井无赖不同的是：他总以为自己活在梦里。他认为，在真正的世界里，他是个大官家的少爷。十二岁那年，他打碎了皇帝赏赐的翡翠绿玉如意花瓶，他的父亲勃然大怒，找来仙人要惩治他。那个仙人把他送入一场梦中，梦里的他无父无母，孤苦伶仃地活了好多年。仙人的目的当然是要惩罚他，让他体会一下贫穷人家的疾苦。

材料里还说，卢傻子经常跪在家里门槛前，边磕头边叨念："仙人我知错了，这样的日子实在太苦了……"他那么虔诚，只要能从这场梦中醒来，他愿意付出一切代价。

重新翻一遍关于卢傻子身世的材料，大概花了我两个小时。材料提供了许多信息，比如卢傻子敲碎的花瓶是如何制作的、瓶身罗列着怎样的花纹、要是没敲碎放到今天价值多少钱，又比如卢傻子在长安酒馆里怎样喝酒、逃单几次、被打几次、喝的酒是否掺过水等等，可是最关键的一点材料没说：卢傻子究竟是不是傻子。

这个问题，我百思不得其解。

在"卢傻子是不是傻子"这一点上，小芍和我一样费解。她曾盘坐在菜地里苦思冥想了三天，为此大概脱落了七十多根头发。从感情上来讲，她希望卢傻子不是傻子，他说的一切都是真的。因为他是她所爱的人，她希望有朝一日卢傻子真的从这场梦里消失，实现自己的心愿；从理智上来讲，她又希望卢傻子是傻子，他所说的一切都是天方夜谭、发疯发癫，他只能老老实实一辈子和她在一起，哪儿也去不了。说起来，如果他真的是傻子小芍也不会嫌弃他，反而更为此高兴，因为小芍明白，除了自己没有别的姑娘会喜欢他，这让她很有安全感。

小芍就是这样一个矛盾的女孩子，她从乡下来，没人有兴趣知道具体是哪个乡下。机缘巧合，她知道了卢傻子这么一个人，由于受不了大家整天对卢傻子冷嘲热讽，她决心挺身而出保护他。原先小芍在一户官家做仆人，认识卢傻子后，她辞掉了工作，扛起锄头精心打理卢傻子家后院的那块荒地，晚上还去河边替人家洗衣服赚钱，勉强也能供两个人活下去。

材料上说，小芍开始变得更操劳是那一年二月份的事。那一天，卢傻子穿着单衣去酒馆买酒喝，正逢着一个有背景的官人心情不好，嘲讽他之余还随手打翻了他的酒坛。心理学家看来，这是权力带给人的特有心态；政治家看来，这是两个阶级的斗争。大家都可以冷眼旁观，可是对卢傻子而言，他攒了好几天钱才买到一坛酒，所有的省吃俭用都成了流水。卢傻子虽然思维奇葩，但他也会愤怒……结果就是卢傻子被官人的随从打得半死，围观的人不仅没动恻隐之心，还趁机朝他丢了几块石头，狠狠嘲弄了一番。

由于深信自己活在梦里，卢傻子总以为受苦是自己的义务，但小芍气得头发都冒烟了，跑到河边一连砸死十二只青蛙才平静下来。从那天起，小芍更愿意相信卢傻子不是傻子，她每隔十日带卢傻子去看一次大夫，她想卢傻子早日恢复正常，在所有奚落过他的人面前扬眉吐气。当然，截止到这时，她这个决策带来的结果，只是卢傻子依旧那么傻，生活却越来越拮据。

到了约定的日子，小芍又攥着卢傻子去看大夫。大夫是个白发老翁，到了抱孙子颐养天年的年纪，还开着医馆为社会做贡献，这就让小芍很感动，不知不觉就很信任他。

"卢傻子，你还觉得你现在的生活是一场梦吗？"像是做仪器检测般，大夫每次都用这个问题开始他的治疗。

"嗯。"卢傻子已经厌倦了这种毫无补益的套路。

大夫皱了皱眉，拿起砚台，竭尽全力砸在卢傻子手上。小芍惊讶得双目向外突出了一厘米，若不是为了治病，她早就跳起来了。大夫指着卢傻子手臂上的红印子问："疼吗？"

卢傻子也被大夫突如其来的攻击所震惊，他疼得脸色泛白，话也说不出，只好轻轻点了点头。大夫见此，舒展了眉头说："你看，难道这种疼痛不是真实的吗？你又怎么能固执地以为自己在梦里呢？"

卢傻子忍着痛，喃喃说道："谁说梦里就一定不会有疼痛？"

卢傻子不知道还能讲什么，至少在此时此刻，他还没找到一个有说服力的理由。这让大夫很得意，顺着卢傻子的话茬继续游说起来。两人辩论了大半个时辰，谁都不能说服对方。大夫满面疲倦地打了个哈欠，对卢傻子说："我给你把把脉吧。"

当大夫苍老的手从卢生的脉搏上移开时，胡须随着笑声抖动了起来。大夫说："小芍啊，首先脉象得有起色，大脑才会跟着康复，卢傻子虽然还未醒悟，但他的脉象已经越来越好啦。依我说，不出两个月我就不用叫他卢傻子啦。"

这个大夫很聪明，他这话是冲着小芍说的，显然他看准了小芍才是真正需要抚慰的人，也是出银子的那个人。卢傻子不以为然地撇了撇嘴，他有着根深蒂固的执著，坚信自己总会从这场梦里醒来。他来看医生，无非是出于小芍的缘故。可惜的是，他并不是因为爱小芍而来，而是因为小芍唠叨起来实在很让人头疼。卢傻子对大夫的话无动于衷，小芍却高兴得坐都坐不住，连外面的嘈杂声都没注意到。

大夫低下头开药方子，小芍心领神会地从荷包里掏出银子。然而她还没交到大夫手上，银子忽然被从门外闯进来的官兵一把夺走。

闯进门的官兵共有四个，训练有素地摆出凶神恶煞的表情。小芍吓了一跳，她想，沈大人终究在恼怒卢傻子的无礼，现在派人来收拾他。小芍尽管泼辣，却也不敢抵抗官兵，想到这里，她的情绪完全被绝望所主宰。

出人意料的是，官兵们越过了卢傻子，径直走向了白发大夫。其中最年长的官兵喝道："庸医！你原是城外的渔夫，胆敢在这里装神弄鬼，拿人性命行骗！终于有人将你告发，今天就把你绳之以法！"

我不知道如何形容小芍的心情，大概是一连串"！！？？！！？？？？！？？？！！？！？！！？！！！？？？？！"就让感叹号象征讶异，让问号渗透一股迷茫的意味吧，两者结合想必还会衍生出一些伤感。可是，我不能这么做，因为如果我这么使用标点符号，我的编辑大人想必会以我偷懒为由，退回我的稿子让我重写一百次。

稿子写到这里，我很替小芍难过，甚至有些心力交瘁。大夫是骗子的事一定对她打击很大，重要的不是失去了那些治病的银子，而是她没有办法让卢傻子重获尊严，她的梦想破灭了。这种无力感，我能够感同身受。

可是站在大夫的角度来考虑，我又觉得大夫也十分可怜。根据资料上写的他的皱纹弧度推理，这个大夫至少也上了七十岁。

因为他太老了碍事，子孙都和他划清界限，奔赴自己的生活，再也不回头。一个七十出头的老人，每天独自坐在河边，心里装了一大堆捕鱼的技巧，却失去了捕鱼的力气，只好用孤独的眼泪为河水增加水流量。如果不去热闹的长安城里行骗，难道活生生地饿死在河边吗？这种处境的老人古往今来到处都是，若把他们的名字全写在纸上，纸应该长得可以把地球包成个粽子。

至于卢傻子，所有人都告诉他他是错的，羞辱、嘲讽、歧视，人们把这些劈头盖脸地扔在他身上，他仍然不为所动。根本没有证据证明他是正确的，他却还在坚持，努力地和周遭的环境对抗。这种顽固，也很容易让我起怜悯之心。

故事里的每个人都让人心疼不已，我忽然有些理不清材料的头绪，材料到底希望我讲一个什么模样的故事呢？我胆怯地坐在书桌前，此刻的我对生活充满猜忌，我恨不得立刻打电话给我的编辑，寻求一些正经的指点。然而，夜色已浓厚得令人发指，只有一道月光在开采着这个漆黑的煤矿。编辑一定已经睡了，若我的电话将她从睡梦中拔出来，她一定会以更残酷的方式回报我。

在我要写的故事里，东八区的时间也已进入深夜。小芍刚端着满盆衣服回到家，卢傻子莫名其妙地感染了失眠病毒，恰巧也没有睡着。距离大夫被官兵抓走，已经有三四日，这件事仿佛对小芍影响很大，原本活泼好动的小芍，突然变得郁郁寡欢。

小芍轻巧地跳上床，卢傻子深深吸了口气，嗅到一股四月夜晚特有的气味。小芍拍了拍卢傻子，张口结舌了好几次，才轻声地问道："你真的能分清梦和现实吗？"

"其实我也分不太清，但我知道我现在是在梦里。"卢傻子的口气难得很温和。

"……"

"十二岁那一年,我在一家酒馆醒来。我不知道自己是谁,不记得前十二年都发生过什么事。我想,应该是我打碎了翡翠绿玉如意花瓶,父亲嫌我不知疾苦,让我来梦中悔悟。这是我最后的印象,也是前十二年里唯一记得的事。如果这不是我的梦,那我怎么会有这样的记忆呢?"

尽管生活在一起,小芍和卢傻子的关系却一直很僵硬。小芍想做卢傻子的妻子,卢傻子却嫌娶妻麻烦,也就是说,一切都只是小芍一厢情愿而已。卢傻子对小芍说,要是哪天他从这场梦里苏醒过来,只留下小芍一个人,小芍会很可怜,而且嫁不出去。这个说辞一箭双雕,既解决了问题,又显得他卢傻子是个很有责任心的人。

卢傻子对小芍总是很冷漠,他觉得女人容易得寸进尺(这么看起来,卢傻子也不是真的那么傻),虽然在受到别人欺凌时,总是小芍站出来维护他,但卢傻子还是不愿意给小芍好脸色看。在这个夜晚,春风向整座长安城伸出了触手,夜的氛围湿热而美妙。不知是不是受了天气的影响,卢傻子显得格外温柔,这就让小芍很感动。

"真实与否,都只是取决于你自己的记忆,可是你怎么知道记忆一定是正确的呢?如果有人使你记住了一段虚假的记忆,那过去真实发生的事就可以轻易抹去吗?"小芍轻声地嘘出一口气。

"我不知道,说实话,我真的分不清。"卢傻子流露出一副茫然的表情,可是因为夜太深沉,谁也看不见。

沉默延续了不知多久，小芍和卢傻子都能感到对方还未入睡，小芍忽然轻声笑了起来，自言自语地说道："大概是因为跟你在一起久了，我有时候也觉得自己活在梦里。"

"嗯？"

"我所属于的那个真实世界很奇怪，在那个世界里，我们所有人都处在一个很基本的温饱生活水平。此外，我们还各自拥有一百年的生命。如果我们还需要温饱以外的东西，就必须拿自己的生命去交换。"

"比如说呢？"

"比方说，有人想比别人好看，希望自己站在人群里一眼就能被认出来，她就用三十年生命去交换，这样她能达到愿望，却只能活七十岁。又比如，有人想画幅栩栩如生的画，他就用两年的生命去换一袋绝世辰砂……"

卢傻子仿佛被小芍带进了那个世界，他聚精会神地听着小芍的讲述，偶尔微微点一点头。小芍顿了顿，不无悲哀地说："我有时候真的怀疑，我是不是也在梦里。我是不是用几十年的生命换来了这场梦，只为了摆脱孤独、重新生活，在梦里遇见一个自己爱的人。"

小芍不再说话了，也不知道是不是默默地哭了。这几天来，她就像变了一个人一样。实际上，不仅仅是因为大夫被抓的事，还因为她的心里多藏了一个秘密。她想了半天，终于决心还是不告诉卢傻子了。

对着面前的手稿，我很犹豫，在这个时候，小芍是不是应该把秘密告诉卢傻子。如果她开口讲了，时光扭转，人物情绪重新调配,一切会不会变得不同?

　　而此时,我又忽然发现,其实卢傻子和小芍的命运都掌握在我手里,我只要随便添加几笔,就可以改变整个故事的走势。我要是心血来潮,写一句"这个夜晚,长安城下起了石头雨,谁也不砸偏偏都砸在卢傻子身上",那石头雨就真的砸在卢傻子身上了。卢傻子固然可以努力抗争,假设他去山上找了件金刚甲来挡石头,我只消写一句"卢傻子的金刚甲是个山寨货",他照样会落个被石头砸伤的下场。如果我高兴,又多写了两笔,就可以让小芍把秘密告诉卢傻子,但是我想了想,最终没选择这么做,所以卢傻子暂时还是一无所知。

　　我埋头于材料,暗自祈祷着能找出一些更有趣的信息,免得最终只写出一篇被读者怒骂的小说。可是我忽然又想,是不是也有人在写着我的故事,操控我的命运呢?不管我怎么挣扎,只要他多加几个字,我所做的一切都于事无补。我开始怀疑,我生活的世界确实是真实的吗?就算是暂时是真实的,后人们信手写几笔,歪曲一下我的情操,我可能就成了他们材料里最著名的银行抢劫犯。

　　已经是凌晨四点十三分,我沦陷在恐惧里,所有人都将如此,因为没有人能在这种层层叠叠的操控里看到尽头。我努力说服自己,一定是夜晚的缘故,我的思维受到了黑色磁波的干扰。我没法改变我这个世界的时间,只好尽量让故事里的黎明快点到来。

　　不出所料,天亮以后一切都恢复了正常。卢傻子甩着袖子又去了酒馆,小芍应该也去菜田里劳作了。近来菜田收成很差,卢傻子和小芍已经吃了好几天蔬菜,根本没有闲钱给卢傻子买酒喝。卢傻子照旧跪拜自己心中的仙人,却仍然没能从这场梦里解脱。

后来他实在很馋,就想,反正自己是在梦里,偷点酒来也不算犯错。正想着,卢傻子已经踏上了偷酒之路。

酒店老板早就嫌卢傻子寒酸讨厌,每次卢傻子来他都格外谨慎,总觉得自己稍不留神,卢傻子就会从店里得到便宜。在这样的背景下,卢傻子怎么可能偷得到酒?可想而知,卢傻子刚拿着酒坛想跑,就被几个伙计一把抓住,摁在地上痛打了一顿。欺软怕硬是人的本性,伙计们打卢傻子时非常卖力,简直用上了平时干活的十倍力气……

卢傻子最后是被人拖回家的,他从昏迷中醒来已经是好几天后的事了。一眼看到小芍不在,卢傻子的火气忽然蹿了上来,他觉得自己受了这么大的伤害,小芍理所应当在他旁边日日夜夜守护着他,等他醒来给他出气。

又等了半晌,还不见小芍回来,卢傻子便气鼓鼓地扶着床缘站了起来。家里没有任何吃的,卢傻子只好扫兴地坐在桌子边。低头的瞬间,他蓦然看见桌角用酒壶压着两张纸,像是信的样子。卢傻子隐约感到这和小芍有关,只是他大字不识一个,根本看不懂这上面说了什么。

卢傻子就这样静静地又等了两天,菜田里的菜都被他消耗殆尽。这时,他忽然怨恨起小芍来了,她插手他的生活,自以为是照料他、为了他好,可是却使他丧失了独自生活的能力。百感交集之际,卢傻子想起了一个人,他觉得那人或许会帮他。

不必细说,大家也知道,那个贵人就是沈既济沈大人。

卢傻子未等淤青消退,就揣着信去了沈大人的府第。沈府的家丁见他人模狗样,怎么都不肯替他通传。卢傻子只好在门口的角落里守着，濒临崩溃的时候，他听见沈大人喊道："哎呀，这个卢傻子要死啦。"

沈大人久经官场浮沉，落难时也得到过善人相处，感慨之余，处事也宅心仁厚了起来。他派人给卢傻子喂了些食物，使卢傻子迅速恢复了些体力。他颤巍巍地从衣袋里掏出小芍留下的信，向沈大人求援。

沈大人粗略地扫了扫那两张纸，一边看一边直叹气，他概括性地跟卢傻子解释说："小芍回乡下结婚去了，希望你自己好好生活，早日从梦中醒来。"

沈大人本来想继续说下去，却发现卢傻子已经泪流满面。沈大人宽慰了他几句，卢傻子忽然大悟似的说："大人，我荒唐一生，以为自己活在梦里，实际上是梦是真又有什么分别呢？所有的臆想都触不可及，只有小芍曾是我真实生活的一部分啊。大人的救命之恩，我感激不尽，听说大人极工文笔，所作的传记小说也广受好评。所以我还有个不情之请，希望大人能替卢傻子这人写一篇传记。"

沈既济细细端详了卢傻子一番，又详细回味了卢傻子这平庸而惨淡的一生，竟有些动容。他命人拿来纸笔，思索了一会儿便挥毫起来。良久，他便把他为卢傻子写的传记讲给了卢傻子听：

从前有个叫卢生的读书人，有一日在酒店遇到一位姓吕的仙翁，两人相谈甚欢。

卢生穿着破烂的衣服，很为自己抱不平，他觉得大丈夫生在世上，应该建功立业，封侯列相。吕翁见卢生很聪明，便送给卢生一个瓷做的枕头，让卢生好好休息一番。卢生感激吕翁一番美意，便迎着酒店里的黄粱香气睡着了。

在梦里，卢生娶了大家族的女儿为妻，妻子长得很美，卢生不久也得到官职，这都让他很开心。由于家庭背景的缘故，卢生升迁得特别快，这就招来了小人的谗言，皇帝一下子疏远了他。然而卢生凭借着一颗爱国之心，在边疆立下汗马功劳，重新赢得了皇帝的赏识，逐级升迁，最后竟官至宰相。不幸的是，卢生受到了其他宰相的排挤，再次在仕途上一落千丈，直到很多年后，他才再次受到皇帝的信任。

那时候，卢生年纪已老，膝下几个儿子倒是一个个风生水起。卢生快去世的时候，皇帝还派人送来了诏书，表彰他一生的功劳。卢生听了很感动，他说，我老家在远方，家里有几亩好田，好好耕作的话，足以保障自己的温饱，而我却选择入了仕途，一生挣扎浮沉。

当天夜里，卢生就死了。

就在这时，卢生伸了个懒腰醒来，发现自己还在酒店之中，吕翁正坐在自己旁边，酒店老板锅里的黄粱还没有煮熟。卢生豁然开朗，对吕翁说，恩宠或屈辱的人生，穷困或通达的命运，如今我都已明白了。他朝吕翁拜了一拜，便离开了酒店。

沈大人讲完了传记，这篇传记看似胡编乱造，和卢傻子的生活毫不相干，且一字也没提小芍，却令卢傻子止不住自己的眼泪，哭到哽咽。他问卢傻子："你觉得这样写可以吗？"

卢傻子拧完自己已哭湿的衣襟，缓缓点了点头，并再三向沈大人拜谢说："大人，这就是我的故事，希望后世能明白。"

从此以后，卢傻子再也没有在长安城出现过。

故事终于在此落幕了，不知道编辑是否会通过这一稿。时值黎明时分，我已困得脸颊要黏在本子上了。我搬开材料，打算去睡一会儿。世事一场大梦，人生几度秋凉，我不知道日后我的命运会被人怎样编进一个隐喻里，反正我最喜欢的结局是：

"写完这个故事，她踢开了脚边的材料，一头栽在了被子里，从此再也没有醒过。"

宛在水中央

亲手扎完第七双草鞋，笑容终于爬上了你的脸颊，连你那双略显神经质的大脚也显得欢呼雀跃起来。在你周围五公里不到的地方，那片芦苇荡悄无声息地等待着你，然而你并不知晓；唯一能做的只有努力向前扭动双脚。倘若我有资格出现在这个故事里，我会变成一层龙卷风，把你吹回起点——不要误会，我的性格里并没有多管闲事这个元素，我只是，怜悯你罢了。

你听说她美不胜收，所以不远万里来到秦国的土地，所向披靡、不可自拔。而你抱着的那种世俗情怀，实际上是从前辈身上复制来的吧。早在很久以前，人们就拥向这片芦苇荡，来寻找那位不食烟尘的美人。他们在河边施展各自的才能，有的把珊瑚玛瑙堆砌在岸边，有的用十年为她写一首情诗，有的连夜哭喊直到喉咙冒出火焰，有的甚至捡了最大的石块企图砸伤她。其中部分人见到了她的身影，但从未有人知道她的身份，更不用提能有谁成功地召唤她上岸了。然而就在那一年，当我咬着 2B 铅笔解二次方程的时候，我忽然怜悯起你们来：她藏在青翠色的河水里，芦苇是她最忠诚的守卫，你们看不清她埋在水里的半截尾巴，但只要记住便可，她是不会来见你们的，她是你们肮脏的欲念里永远开不出的明艳鲜花。

我的生活轴如今蔓延到大学三年级了，和男朋友合住在一栋阴阳怪气的别墅里。因为长年通宵打游戏的缘故，我的记忆力变得任性起来，时常会记不起昨天发生过的事。有一天，我躺在螨虫四溢的床上，男朋友像考验智商似的问我，你还记得自己昨天做过什么吗？我不敢忤逆他，便使劲地替大脑拧发条，企图让记忆复苏。隔了许久，我终于隐约记起了那个已失去的时代，那好像才是我真正的昨天。

在人声鼎沸的高中课堂里，语文老师把我叫到讲台前，她说，下次再不交作业，我就带个笼子来把你关起来。她的声音很轻，简直要融化在明眸皓齿的日光里。我转过头，身后是那群相处了三年的高中同学，但从回忆的视角里看起来，他们不约而同都显得那么陌生。那是一节阅读课，同学们的嘴唇里念念有词：

"蒹葭苍苍，白露为霜。所谓伊人，在水一方。溯洄从之，道阻且长。溯游从之，宛在水中央。"

回忆进行到这里戛然而止，我抓起男朋友的脖子，我说，来来，给你讲个美人鱼的故事，不过你可能听不懂，可能觉得很无聊……哎，没文化真可怕。

2

秦国到了秦灵公年间，便进入了更年期似的病态。当时全国人民的价值观很扭曲，以为知道点旁门左道的东西就显得很博学，比如郁垒和神荼有没有年假，女娲造人的时候是不是加了增稠剂，美人鱼是怎样用幻术迷惑人类……美人鱼就活在那样的时代，全中原只有这一条美人鱼，随机地被分配在秦国的一个芦苇荡里。也许有人会质疑，没有同类可交流、没有正经事可做，这种独一无二的生物难道不会觉得无聊么？但我觉得，通常美丽的雌性生物是不适合群居的，否则她们脸上会留下彼此指甲的抓痕。

言归正传,美人鱼的生活确实很枯燥,她平时最喜欢做的事是踩小蝌蚪,倒不是因为天性残忍,她只是觉得小蝌蚪爆裂的声音很好听。不过,这个兴趣爱好会受到季节的限制,那时正轮到秋季,小蝌蚪早就变成青蛙跳走了。百般无聊,她只好游到芦苇边,靠数芦苇来打发日子。但是美人鱼和人类是不同的,她没有父母,即使有父母,她父母也不会认为"孩子出人头地的唯一办法是死命读书",因此美人鱼没念过书,数学水平相当于人类幼儿园大班水平,所以数芦苇游戏时常让她很郁闷。可是除此以外,她没有别的事情可做。

　　就在那年秋天的某个清晨,美人鱼怀着根深蒂固的无聊醒来,看见水里蠕动着一团白色的东西。她花了二十秒钟游到白色入侵物的身边,揭开外面的一层白布,一张眼窝深陷的脸就此出现。美人鱼吓了一跳,甩动的尾巴激起了一阵腥气的水花。她伸手摸了摸他的下肢,确信他的种族是人类,这是她第一次如此近距离地观察人类,觉得他有种别样的可爱——其实,这才是故事真正的开端。尽管故事至此只酝酿到开端,但我们几乎可以预料到结局:对于我们的世界而言,美人鱼是一种旁逸斜出的生物,让她以幸福美满收场仿佛是不公平的。可是就算会遇到不幸,在我清算美人鱼整场生命的时候,我仍觉得她是很感激那第一个穿插进她生命的人的,他给了她期待,以及所有相伴而生的痛或快乐的感情,他拯救了她一贫如洗的无聊生活。

　　美人鱼把他搬到芦苇深处,手忙脚乱地做了一系列抢救工作,大约过了半个时辰,他终于重新睁开了眼睛。他也是第一次如此近距离地观察美人鱼(那时他还不知道她是美人鱼),她的皮肤白得近乎透明,毛细血管若隐若现,在她靠近额头的部位,覆盖了一层柔软而纤细的绿色茸毛。她身体上留有非人类的徽记，但这并不妨碍她那倾国倾城的美丽。她问他，你叫什么名字。他老老实实地回答，我叫嬴师隰。没等她问更多的问题，他就迫不及待地自我爆料，把他认为她想知道的全部告诉了她，这是男子面对美女时的正常表现。他说，我父王是秦国上一代皇帝，他死后叔父抢了我的王位，把我赶出王宫。我实在走投无路，只能来这里跳河自尽，结果你救了我……嬴师隰本想添油加醋，把自己的身世说得更可怜点，来博取美人的同情；但最终理智阻止了他，因为就他的生活圈子而言，美女大多是势利眼，他怕装可怜反而会引起她的反感。然而，美人鱼对他的家事并没有太大兴趣，她用芦苇轻轻挠了挠他下巴，问他，你饿吗？这对嬴师隰来说未免过于风情万种，他木讷地点了点头。美人鱼说，我帮你变点吃的出来。

凭借着秦国人的传说，毫不需要科学依据，嬴师隰就辨认出她是美人鱼。嬴师隰既然已选择走上绝路，也就不害怕眼前的是人还是怪兽了，何况他很有常识，知道鱼的脑容量很小，美人鱼作为人和鱼的综合体，想必平均下来智力也高不到哪里去，所以不管怎样她是斗不过他的；何况，她是何其美丽。就在嬴师隰想入非非的时候，美人鱼用幻术给他变了三个菠菜包子。王子皇孙平日习惯了饕餮盛宴，但落到了这个地步，也只好将就着吃了。包子很硬，菠菜居然是生的，嬴师隰边吃边皱起了眉头，更糟糕的是，三个包子全部下肚后，他仍感到饥肠辘辘。他对她说，我还是好饿。美人鱼搓了搓双手，恍然大悟地说，我知道了，这是我用幻术变的包子，不能真的填肚子，我去河里给你抓虾吧。他吞吞吐吐地说，我不吃生食。她犹豫了很久，说，那我去岸上找吧，岸上真让人害怕。

故事讲到这里，男朋友生硬地打断了我，他说，人鱼没有腿，怎么上岸？我说，你怎么这么焦躁。人鱼是可以变腿的，时而是腿，时而是尾巴，但大部分情况下，人鱼会选择长尾巴，因为这样可以避免大姨妈的麻烦，省下好多血。

在叙述的过程中，男朋友已经明白我在讲《蒹葭》的故事。高中的时候，我们坐在不同的学校里，用各式各样的语言读过这首诗。上海话，宁波话，东北话，英语……尽管诗歌本身并无笑点，我们却不由自主地发笑起来，好像青春本身就该是花枝乱颤似的。他颇不以为然地说，你高中的时候都在想些什么奇怪的东西呀？

回忆这种东西与拼图很类似，经过时间的揉搓，所有完整的情节都已经化整为零。更让人遗憾的是，因为拼图数量庞大又过于琐碎，很多都已丢失在无人问津的地方。我的高中时代具体呈什么模样，我也比划不清楚，但几乎是不可控制的，我日日夜夜都在思念、想重温那段无知而纯粹的年华。我没有回答他，我说，再啰嗦，故事里的王子就要饿死了。

嬴师隰当然没有饿死。实际上的情况是：美人鱼不久就带着大堆柿子回来了，嬴师隰挑挑拣拣，把风华正茂的红柿子吃了，剩下还没熟透的硬柿子，他就拿来垫在脖子底下，这样对颈椎有好处。他的举动让美人鱼很安心，她想，看样子他不会再自杀第二次了。

后来，既算是顺理成章，又是因为没有其他选择，故事的两个主人公建立了恋爱关系。为了方便见面，嬴师隰在河边扎了个茅屋,他从小娇生惯养,不具有普通百姓的吃苦精神和劳动技巧,所以扎了好几次,茅屋都以被风吹散而告终。无奈之下,他只好把茅草都扎在自己身上,总算也能抵挡秋寒。不过,这样的装束也给他带来了不少麻烦,附近有个村民捕鱼看到了他,以为发现了石器时代穿越过来的原始人,他立刻把这件事告诉了县官,以为立了功可以加工资。县官掐指一算,觉得把这事宣传一下可以促进本县的旅游事业,就把"××县惊现原始人"上报给了领导,一面派人来抓嬴师隰。这就让嬴师隰不得不整天躲躲藏藏,好在美人鱼总在他身边安慰他,还用幻术帮他躲过许多次追捕。

嬴师隰想尽量不引人注目,于是就离开了河岸,在浅水区芦苇最茂盛的地方住了下来,然而新的麻烦又接踵而来。那些春季时侥幸没被美人鱼踩死的小蝌蚪,如今已出落成了健康活泼的青蛙,他们对美人鱼敢怒而不敢言,只好把气全撒嬴师隰身上。每天午夜三点半,它们就开始围着嬴师隰乱叫,简直像是开关出了问题的闹钟,导致他一直睡眠不足,白天则精力不济。

如此的生活过了两个礼拜,嬴师隰终于忍不住对美人鱼说,我这样活得太窝囊了,等秋天结束,我就要离开这里。美人鱼问,去做什么呀。嬴师隰说,当今大秦国的帝王本应该是我,结果王位被我叔父抢走了。所幸我临走时身边还留了一道兵符,等再募集到一些有志之士,我就能一血此耻。美人鱼见他一意孤行,知道劝阻也没用,只好转过脸去数芦苇了。

此时大约是十月初,秋意并未特别浓郁。美人鱼数学不好算不清日子,只是隐约感觉要到秋季终止还有很长一段时间,但她明白,纵然秋天还很漫长,却总是有结束期限的,而那时他就要走了。那天,嬴师隰从岸上回来,从胸口的茅草堆里摸出一颗珠子。嬴师隰说，看你最近总是情绪低落，这颗夜明珠是我从王宫里带出来的，送给你吧。他小心翼翼地把夜明珠放在美人鱼手心里，那时已临近傍晚，萤绿色的光如炊烟般缠绕在夜明珠上，当真精美绝伦。其实珠子发光的原理是，电子从高能状态到低能状态的转化，美人鱼从不钻研学术，自然不懂其中的奥秘，所以才觉得异常美妙。嬴师隰说，吃了它对皮肤有好处。美人鱼愣了愣说，会卡在喉咙里的吧。嬴师隰说，不会的，吃了才能体现它的价值。两人纠缠了半天，尽管有很大的不情愿，美人鱼还是遵从了爱人的好意。她把五官拧成一团，屏住呼吸一口气吞下了夜明珠，事后喝了三升河水才缓解了喉咙里的异样感。她说，我觉得这东西一定不消化。嬴师隰松了口气似的说，毕竟对皮肤好嘛，夜明珠是很珍贵的。

嬴师隰便是借着这种方式取悦了美人鱼，她并不是稀罕珠宝。假如她需要珠子，完全可以潜到水底和贝壳打一架，那些作为战利品的奇珍异宝随手可得。她觉得他把自己所珍视的东西交付给自己，好像那就是爱了。

我高中的时候，灵气还未遭受摧残，时常能用语言组织出扣人心弦的故事，但那时的我却无法与美人鱼感同身受；如今岁数叠加上去，爱情也见缝插针似的落进了我原本空虚的生命里，终于俘获了美人鱼的心情，讲故事能力却每况愈下。

这本是美人鱼的故事，但在讲述的过程中，我总是情不自禁地想插入自己的事。我现在的生活很狭隘，当我打游戏的时候，我就是其中的人物；当我洗衣服时，我就变成了满盆的脏衣服；而当我缺乏关爱的时候，我就像一个黑洞。于是我讲起这个美人鱼的故事，回味着高中时代干净而又生机勃勃的故事推理，回味着那个一无所知的自己。

从我的角度来看，嬴师隰长得很丑，永远是一张死里逃生的鬼魂脸：眼眶深陷，嘴唇像涂过咖啡色的唇彩，鼻子大得不可一世，呼吸时鼻翼带动两面的脸颊，整张脸都显得很刻薄。不过美人鱼并不这么想，她觉得他是她见过最聪明、最英俊的人，因为她只接触过他一个人类，他就成为了她衡量一切的最高标准。我又觉得，嬴师隰是个极端自私又胆小的人，而美人鱼再次和我唱起了反调。我继续说，嬴师隰是个很庸俗的人，我甚至觉得，他和美人鱼在一起的时候经常在思考：人鱼的肉是什么味道？到底好不好吃呀？……我储备了很多关于嬴师隰的坏话，但美人鱼不许我讲出口，我要是还不肯停歇，她就要诅咒我下辈子变成小蝌蚪了。

男朋友躺在我旁边，昏昏欲睡的样子。我想，他大约是可以理解男主角的，但他不会为嬴师隰讲好话，只是反复恳求我不要胡思乱想。他也是我认识的最聪明、最英俊的人，比方说，他根本不了解我在想什么，就能确定是在胡思乱想；又比方说，我见过他以后，世界上的其他面孔便失去了本该有的美感。

4

芦苇荡迎来第一场雪的时候，是嬴师隰与美人鱼的临别之际。嬴师隰穿上了半夜从村子里偷来的棉袍，棉袍已经很破旧，他回来的路上棉絮漏了一路，所以如果被盗的人家够聪明的话，是可以沿着棉絮的痕迹找到小偷的。美人鱼替他拉平了衣服，她说，真好看。嬴师隰说，两年后的秋天我就回来，我肯定会回来的。美人鱼说，要是发生了变故怎么办？要是我被人抓走吃掉了呢？嬴师隰说,不要这样说。美人鱼说,我不是这个意思。我到后来才明白,此时两人的言语看起来都有些古怪,那是因为他们都怀揣着一件隐瞒对方的事。最后,美人鱼摆出妥协似的表情说,不然你还是留下来吧,等明年开春了,我教你怎么踩小蝌蚪呀,很有趣的。嬴师隰以为她在开玩笑,温和地笑了笑,就朝西北方向奔去了。

美人鱼照旧生活在芦苇荡里,她好像得了一种奇怪的病,鱼尾巴上长出了很多红色的小斑,还有一个症状就是她做什么事都魂不守舍。她还是去熟悉的河流尽头数芦苇,数着数着却忽然听到嬴师隰划水的声音,于是她粗暴地掰开一截截芦苇,然而一无所获,唯有死气沉沉的北风在她耳朵边呻吟。她有时候也会躺在近岸的浅水处,想象自己就是嬴师隰;她不断追忆着和嬴师隰之间发生过的事,在他们都无所事事想秋游的时候,她带着他顺流而下、时而又逆流而上,他们何其自得,简直像两个桀骜不驯的城管。她怎么也想不明白,嬴师隰为什么要放弃如此闲适的生活。

人在浑浑噩噩的状态下,时间就流逝得特别快,转眼第三年的秋天已经器宇轩昂地降临了。入秋后的第二个礼拜,嬴师隰还没有如约出现。美人鱼被深切的焦虑感所困扰,额上的绿毛像春草一样疯长,身上的红斑也愈加密布。女人大抵都是如此,拥有着异性无法体会的悲观,她们永远在做坏的打算。美人鱼写了一张清单,其中罗列了她智力所及的各种可能性。

起初,美人鱼以为嬴师隰大概是想给她买礼物,又不知道买什么,所以回来得晚。隔了几天仍然杳无音讯,她又想,嬴师隰大概是迷路了吧。于是她化成人形,把自己无聊时候设计的鱼钩、渔网送给附近的村民,用了三天时间和方圆百里的老百姓打成一片。村民们只知道村里来了个女设计师,没多考虑其中的蹊跷,因为多年的生活经验告诉他们:多思考死得早,要是不小心猜到了上级不想让他们知道的事,那就更糟糕了。过了两天,美人鱼又对村民们说,我给你们设计了一种衣服,既新颖又保暖。实际上,美人鱼只是把原本的棉袍改短了,还加了顶棉帽子,用现代的名词来讲,这叫"卫衣"。美人鱼设计的衣服其实是暗藏玄机的,它的秘密在于:每件衣服上都画有秦国地图,并用五角星标注了芦苇荡的所在地,这样只要嬴师隰看到百里之内任何一个村民,他就能顺利地找到美人鱼所在处。村民们不假思索地穿上美人鱼发的衣服,虽然是均码的,但大家穿着都舒适暖和,而且确实挺时髦,于是纷纷拍手叫好。不过,后来他们就发现了这种衣服的麻烦之处,附近几个村庄的村民全部穿着一模一样的衣服,不小心被上级派来巡逻的官员看到,以为他们私自成立了造反团。几个村长解释了好半天都讲不清楚,最后和官员达成了这样的协定:把村里最讨厌的几个人拖去砍头,象征性地惩罚一下就算了。

美人鱼并不知道这些后事,她发完衣服就回家了,以为不久嬴师隰就会回来,然而她的希望落空了。后来她实在坐不住了,就乔装打扮跑到秦国的国都雍城,想在嬴师隰曾经生活过的地方打探一下他的行踪。她怕嬴师隰在她离家的日子里回来,还给他留了字条。那几天的长途跋涉,对她而言是很不容易的,因为两年前嬴师隰给她吞服的夜明珠可能真的没消化,让她胃一直很难受……总而言之,她像个间谍似的走遍了整个雍城的茶馆、客栈、妓院,关于嬴师隰的信息却分毫都没有,人们仿佛已经淡忘了这个前太子。

总算在某一天的夜晚,她路过天桥,听到两个乞丐在谈秦灵公年间的事,顺便提到了"失踪前太子",她的耳朵像银针一样瞬间伫立起来。

甲:大王继位后,生活真难。

乙:可不是,不过先王在位时也好不到哪里去。

甲:假如是失踪前太子在位……

乙:哎,也不会怎么好的,据说前太子暴戾又好女色。

甲:太子是死了吧?

乙:谁知道呢,反正对我们来说还不都一样。

美人鱼反复回想着乞丐口中的"暴戾又好女色",此后她终于意识到,可能并没那么复杂,他只是忘记她了而已。等她失魂落魄地回到芦苇荡时,仍没见嬴师隰的踪影,这时她几乎确信就是这最后一种可能:他是一个负心汉。

我高中的时候喜欢过很多女孩子,她们千姿百态,情商与智力也参差不齐。我为其付出最多感情的女孩子,从未当过我的恋人,我闷在寝室里,眼睛时常过度湿润,好像仅仅爱情就能充抵全世界对我的其他诱惑。那时我的理科成绩总能占领年级第一的位置,所以固然也有女孩子迷恋过我,尽管难以启齿,但我还是要坦诚说明,我对她们的态度是:来者不拒,甚至有同时和不止一个女孩子谈恋爱的经历。我曾经把爱情安置在至高无上的位置,后来便开始亵渎它……不对,记忆完全错乱了,我就是女性,怎么可能喜欢过女孩子?!那这里我所念念不忘的,应该是我男朋友的高中时代吧。他消耗过大段时间向我描述他的高中,久而久之,我竟把它们分解了,洒进自己的记忆铁盒,即便有时想起会伤感。

我一度发现,我和他都有着积重难返的儒家思想基础,永远在谈着无法超越的尧舜禹汤,认为"今不如古",认为过去的事总有着万般美好。我跟他讲美人鱼的故事,拼命想把逝去的时代和我们的现在联系起来，重新解析那些曾经无法理解的东西，美好也罢，痛苦也罢。我缱绻在自己的青春记忆里，同时也隔着时空眷恋着那一年的他。我总是想，说不定哪天早晨打开眼睑，发现自己的指纹、耳垂、脸颊又恢复了十七岁的样子。然后我要打电话给十七岁的男朋友，告诉他我是个穿了隐形铁甲的人，我和他在相距××公里、各自的领土上生活，只要坚决地选择活下去，就可以在两年后汇合。那样就不会错过他最黯淡的日子，就可以一直隐遁在他身边。然而我不是美人鱼，我不会幻术。

5

在讲述这个故事的时候，我经常会误会故事里的人鱼就是自己，但故事毕竟是独立的，它有自己的发展走向。美人鱼后来沿着西北方向去寻找嬴师隰了，因为她不甘心。这里就出现了一段很励志的情节：美人鱼最终抵达了一个水土肥沃的小城，城墙的最高处居然端坐着嬴师隰。美人鱼把脸向上抬到八十五度，嬴师隰也看见了她，几乎是出乎她意料的，他显得很兴奋。嬴师隰见到她的第一句话是，终于见到你了，我本来也打算去找你的。

全城的居民和卫兵刹那间成了多余的棋子，嬴师隰一声令下就把他们全部收进盒中。嬴师隰和美人鱼处在超大豪华套间里，两人互相汇报了分别后的生活。嬴师隰说，我已联络好军队，等拿到那块兵符就可以挂帅出征了。美人鱼说，真好，你这么久都不回来，我以为你出意外了。嬴师隰笑着搂过美人鱼的肩膀，由于两年多不见，这种拥抱几乎已退化成礼节性的了，两人都有些尴尬，但嬴师隰仍没有放手。讲了一会儿话，他们各自都呈现出疲惫的神态。美人鱼问他，你这里有水池吗？我想在水里睡一会儿。嬴师隰说，好的，出门就有。

　　水池很宽阔，为了炫耀，水底还洒满了各国的钱币。那时秦始皇的前几代祖父都还处于精子状态，自然没人统一货币，所以这些钱币显得杂乱无章，顺便还附带着来自全国的劳动人民的汗臭味。美人鱼理论上是很爱干净的生物，但因为这是嬴师隰布置的水池，所以她二话不说就跳下去了，嬴师隰也很热情地陪她下了水。端庄秀丽的女仆端来了配菜丰盛的羊肉泡馍，嬴师隰小心翼翼地端给美人鱼说，特产，很好吃的。两人一边吃一边聊天，嬴师隰说，还记得第一次见面，你用幻术给我变了三个菠菜包吗？美人鱼说，那是意外，我的幻术其实很厉害的，以后我会给你演示的。不过真的有那么难吃吗？嬴师隰说，你过来，我告诉你。

　　大约在美人鱼靠过去的三秒钟内，嬴师隰从碗底抽出一把匕首，迅速而精准地扎进了美人鱼的身体。他惊讶地发现，美人鱼的血是绿色的，黏糊糊的就像绿豆沙。他把手伸进美人鱼的体内，她也并没有反抗，只是无比诧异地盯着他。他像盗墓贼般慌乱地在她的身体里乱翻，终于摸出了那颗没有被消化的夜明珠。他说，其实这里面就是兵符，你是我最信任的人，所以交给你保管。美人鱼愣在原地，水被她的血染成了诱人的浅绿色，她蠕动着嘴唇想说话，但他却听不清楚。嬴师隰跨出水池走了两步后，又回过头看了她一眼，他说，不管怎么样，谢谢你。说完这句话，他就趾高气扬地朝王宫方向走去了。

　　就在这时，嬴师隰周围富丽堂皇的建筑开始褪色，所有的仆人、士兵也都变得飘忽不定起来。美人鱼血尽死去的那一刻，嬴师隰周围的繁华世界也消失得一干二净，取而代之的是漫天黄沙。

嬴师隰忽然想起来,原来他早在两年前投河自尽时就死了,此后就一直生活在美人鱼的幻术里,她让他以为自己还活着。现在她的生命终止了,他的生活也如同她的附属物一样戛然而止了。

　　后来,人们经常能瞥见芦苇荡里一个精美绝伦的女子身影,他们并不知道,那其实是美人鱼的亡魂。来自各地的人们从上游徘徊到下游,夸张的更有一步一叩拜,但这个水中女神再未上过岸,只剩清澈的歌曲在秦地代代相传。

　　蒹葭苍苍,白露为霜。所谓伊人,在水一方,溯洄从之,道阻且长。溯游从之,宛在水中央。蒹葭萋萋,白露未晞。所谓伊人,在水之湄。溯洄从之,道阻且跻。溯游从之,宛在水中坻。蒹葭采采,白露未已。所谓伊人,在水之涘。溯洄从之,道阻且右。溯游从之,宛在水中沚。

　　美人鱼的故事差不多就是这样,讲到故事终点的时候,男朋友已经彻底睡去,呼吸粗糙得像一块旧抹布。我兀自瞪着眼睛,仿佛故事里还有我捉摸不透的细节,不愿让它的余味烟消云散。然而不明所以地,我忽然对故事起了疑心。也许嬴师隰这个人根本就没存在过,从头到尾,都只是美人鱼在用幻术欺骗自己。这我可以理解,踩小蝌蚪真的很容易让人乏味的,何况听了太多次小蝌蚪的惨叫,美人鱼总会心软。于是她就设想了嬴师隰这样一个人物,他的身份是王子,童话故事里的美人鱼匹配的也是这么个角色;而且他的身世落魄,这仿佛让美人鱼那过剩的感情有了付出的必要;最重要的是,他还怀有一副庸俗自私的心肠,不管你们能否理解,经受感情的层叠折磨,这很能取悦美人鱼孤芳自赏的心态……当然,这只是时隔几年后，我又增补的推理而已，未必是正确的。

只是我忽然又怀疑，可能所谓我的男朋友，也不过是我多余想象力的形态之一。也许在现实世界里，我身边并不存在男朋友这个角色，我被孤独压迫得气若游丝。想到这里，我吓得急忙掀开男朋友的被子，简直是竭尽全力地把他掐得青一块紫一块。即便如此，他也并没有醒过来，不知道是因为通宵打游戏让他太过疲倦，还是因为他根本就是我大脑里生造出来的人物。

田
螺
女

龙虾店总是在午夜忽然蓬荜生辉,人们带着各式各样的汗酸味涌进店里,学生、娼妓、网管、干爹、建筑工人……木板凳竟能包容那么多种族。我和小明坐在二楼的北面,我们刚付完房租,不仅平时生活捉襟见肘,而且有五千块外债还没还清。我们花了整整十分钟才把口袋里的零钱点清楚,恰好够买两斤小龙虾,于是朝服务员挤眉弄眼了一番,引她过来点单。

　　小明是个很有艺术家气质的人,尽管我们身无分文,他对未来仍是很乐观。此刻,他在跟我讨论一个关于龙虾店的问题。小明说,生意这么繁荣,第一个开龙虾店的人真睿智,我想应该是个渔夫吧。我反驳他说,不对,我认为应该是个厨师,他偶然发现自己做的龙虾很受欢迎,于是立刻离开原来的老板自己开店,还写下了"香辣小龙虾"的食谱代代相传。小明始终固执己见,因为渔夫是把小龙虾抓上岸、最先接触它的人,所以他开龙虾店的可能性更大。我们争执了半天,互相不肯妥协,最后只能得出这样的结论:第一家龙虾店是国营企业,因为龙虾生长在国家的领土上,除了祖国没有人能私自拥有且使用它。"祖国"究竟指向谁,我们并不在乎,只是都觉得对方倔得不可开交。

　　因为店里客人太多,小龙虾迟迟不来;我们又彼此不想理睬,于是只能全神贯注地闻着隔壁桌上的香气。服务员来倒水时,小明叫住了她,那是个脸颊皂黄的中年妇女,头发卷得像插了满头弹簧,脸上的表情像在埋怨"我丈夫不务正业,儿子今年要高考,我们全家都好辛苦"。小明问她,你们这里有田螺肉吗? 服务员说,有的,紫苏炒田螺,来一盘尝尝? 小明想了一下,排除了"加一元送一份田螺"与"周末狂欢田螺畅吃"的可能性后,终于悻悻地对服务员说,随便问问的,我们没钱。小明讲话的语气让人很心疼,如果他是一只羊,我会立刻爬过栏杆去对面的公园里拔一筐草给他;如果他是一条狗,我会打断自己的左手喂他啃骨头;然而他是人,此刻的他很想吃田螺,但我们太穷了,只能让多余的唾液在舌头下生生不息地分泌。

我忽然想起上千年前那个扎着破头巾的穷书生,他叫谢端,也很爱吃田螺,却也总是求之不得。他坐在四方的古董桌前,对面那个低头夹菜的女人就是他的妻子。那时谢端还未发迹,但总不至于连田螺也买不起。更何况古代的市场并未被高科技垄断,市场秩序也很紊乱,想吃田螺只消路过河边时顺手摸一把就行了。然而,他仍有克制食欲的必要,因为他的妻子是田螺女。

谢端是晋安帝年间的人,有一日他路过河边,一只大田螺黏在他的布鞋上。谢端从来没见过那么大的田螺,以为自己得了妄想症,于是他一边往家里走,一边拼命甩着鞋子。乡里人见了他的模样,都以为他被妖怪附体了,有个善良的村民还特意回家杀了只鸡,拿鸡血泼了他一身。我很替谢端遗憾,若他的生活时代不是东晋,而是十八世纪的巴黎,见到此情此景,一定会有一群摩登女郎鼓掌惊呼:"欧,好棒的踢踏舞!"然后扑过来纷纷给他滚烫到一百二十摄氏度的热吻。同样的举动在不同的背景下会有截然不同的效果,这让人难免不去猜忌:命运大概确实是由外力主宰的吧。

鸡血的腥气尾随谢端进了房间,谢端和田螺的恩怨却还没解决,谢端敲了敲田螺的壳,问道:"大哥,你到底要我做什么呢?"田螺自然不会回答,所以谢端自顾自地问了下去,你要我把你放回河边吗?你要我喂你吃果汁吗?你要我给你念四书五经吗?都不对吗?还是你要我帮你报杀父之仇吗?⋯⋯当他问道"你要我留你下来做宠物吗"的时候,田螺顺从地从他鞋子上跳了下来。谢端长叹了一口气,一边把田螺放进家里的水池,一边暗想道,今天真晦气。以上就是谢端和田螺相识的过程。

后来的事嘛,即便你没看过《六朝怪谈》,你的祖母也该在你小时候讲故事哄你睡觉时告诉过你了。从此以后,谢端每天回家都以为进错门了,房间被打扫得一尘不染,连装潢风格也常改变,有时是意大利翡冷翠的浪漫主义,有时是日本的古典风。而那张古董桌上,也满是风味各异的佳肴。这样的情况持续了一个礼拜后,谢端不得不去探查一下事情的原委。最初,谢端以为是邻居大妈善心大发,忽然怜悯起他这个孤儿来,为了表示感谢,他特意跑去两公里外的菜园,偷了一大篮番茄,篮子扛到邻居家时他已是汗流浃背。他对大妈说,大妈,您人真好。如果好事真的是邻居大妈做的,那她确实很伟大,首先她要有颗黄金般闪闪发光的心灵,其次还要对意大利、日本等各国的文化有很深的了解,前者很容易做到,后者对于当时的中国人来讲有点难度过高,不是神仙的话几乎不能做到。大妈见谢端这么客气,就一手夺过了番茄,然后一脸迷茫地问,我怎么好啦?谢端说,您每天为我烧饭整理房间,肯定费了不少时间精力,不知道怎么谢您才好。大妈恍然大悟地笑了起来说,你这个傻小子,明明自己娶了贤惠的小媳妇,还给我戴高帽子。谢端大为惊讶,他孤苦伶仃了这么多年,怎么忽然就多出个媳妇来了,这让他死活都不能相信。他对邻居说,大妈,您说我有个媳妇,那么您敢告诉我她到底是什么样的人吗?中年妇女本身就对八卦的事有着天赋般的敏锐嗅觉，又爱絮絮叨叨，所以邻居大妈乐不可支地向谢端讲起那个贤惠的小媳妇来。

谢端本来以为自己得了幻想症，听邻居大妈讲了媳妇的事以后，又觉得好像真的存在这样一个姑娘。根据邻居大妈的说法，她总是穿着白色棉麻质衣服，头发挽成圆形的髻，长得虽然不好看，但好像很热爱劳动，厨艺也可以给出五颗星的打分。她想做红烩牛排的时候，只要轻轻向森林里吹了一声口哨，方寸大乱的黄牛就径直去撞树了，然后她轻灵地跑过去像一阵薄烟，精准地切下最适宜的肉。在邻居大妈口中，那个姑娘有时候像个女学生，有时候像个老主妇，有时候又像个侠客。大妈讲得越多，媳妇的形象越模糊，但有一点能让谢端肯定，就是他并没有得幻想症，而是得了失忆症。他怎样娶到的媳妇，媳妇又是什么模样的人，记忆就像昔日沙漠里的湖水一般干涸不见了。

为了搞清事情的真相，谢端特意找了一个早上，他佯装出去念书一如往常，实际上却躲在草丛里。大概巳时的时候，一个穿白衣服的姑娘拧开了门，双手提着水桶。正如邻居大妈所言，她的面孔很中庸，五官零散地分布在圆脸上，而且对于脸盘来讲，它们都显得太小了。姑娘整个人都很瘦，虽然古代的衣服总是往宽松的方向设计，但仍能目测出她的罩杯只有 A。总体而言，谢端觉得姑娘是算长得丑的。因为这个原因，她经过谢端藏身的草丛时，谢端迟疑了一阵才跳出来抓住了她。姑娘见自己已经暴露，只好把来龙去脉全盘托出。原来，她是天庭的白衣素女，上天见谢端从小父母双亡，穷困潦倒地活了这么些年，出于怜悯，就派白衣素女下凡帮他发家致富。素女在河边挑了个田螺壳，把原本居住在里面的软体田螺赶走后，自己躲了进去，最后死皮赖脸地黏在谢端鞋子上跟他回了家。白衣素女还跟谢端说,现在被你识破啦,按道理我要回天庭了。谢端说,可是我现在还是一贫如洗啊。素女想了想,觉得自己好像也不想这么早回去,就说,是啊,那你假装没发现我吧。

"撒谎"和"装模作样"是大相径庭的两件事,前者用来骗别人,后者必须用假象把自己一起说服,"装模作样"其实是件很难办到的事,我和小明都深有体会。我们的房东就住在我们隔壁,是个唯恐天下不乱的女人,年龄大约在四十五岁左右,徐娘半老,尤爱折腾。我和小明时常假装她并不存在,却怎么也做不到。不过,房东的人品其实不坏,有一次她在我们门口敲了半小时门,那天因为小明要写毕业论文,不愿意听她唠叨,我们一齐屏住呼吸假装不在家,她走了以后,我发现她把一打鸡蛋留在了门口。这就让我很内疚,虽然我们房子里没有炊具,即便有炊具我也不会烧饭,也就是说我们根本用不上鸡蛋,但我仍有种说不出的难受。后来我痛改前非,她敲三次门中,我至少有一次会去开门。

我和小明为了龙虾的事已持续冷战了两天了,我想,旁观者们一定以为我们很愚昧。实际上,我和小明经常为了小事大吵,前一次吵架时因为小明认为穿越时空是不可行的,而我认为,穿越时空必须分类讨论,当穿越回去后替代了过去的自己、并且再也回不到原来的时空,那可以用平行空间理论解释;当穿越回去后和过去的自己同在,那可以用生命的平移解释,也就是把生命轴上的两段生命消耗在同一段时间里。我们对科学一无所知,知识领域只扩张到能从一群猩猩中辨认出爱因斯坦的模样的程度,根本不能说服彼此,于是我们大声争吵起来。对于这一类的争吵,我目前还没能找出最根本的原因,然而现在首先要处理的,是我和小明因为小龙虾而产生的情感裂纹。

在这四十八个小时里,我只见过小明一次,见房东倒有过两次,一次是在过道上碰到,她一边剔着牙一边寒暄说,饭吃了没?还有一次是她来敲门,进来就坐了三个小时。我本来想告诉她我和小明吵架的事,但始终没找到合适的机会,倒是她滔滔不绝地讲起了自己的故事。她丈夫在很久以前跟着更漂亮的女人走了,儿子则在建筑工地玩耍时被钢筋砸死了。她说,儿子死的时候,她正在阳台上晒衣服,别人忽然跟她说,你儿子没啦,原本清淡平凡的日子就戛然而止了。房东说,那时候钱倒是赔到了一笔,不过后来通货膨胀太厉害,现在也没多少了。

房东走的时候已是晚上九点,我洗了个澡,犹豫片刻还是做出了决定:去网吧找小明。

在以农耕为主的古代,通常九点时人们已去与枕头被褥做伴了,谢端和田螺女也不例外。趁他们入梦,让我讲讲他们的后事。后来,田螺女不必再躲藏,于是她日夜兼程地替谢端打理生活。她从前住过的田螺壳由于沾染了她的仙气,里面会源源不断地冒出大米。谢端虽然没什么生意头脑,也知道废物利用,他就把多余的大米拿到集市上去廉价卖掉,等攒的钱够多了,他干脆买下了好几家米铺,翻身做了地主。田螺女很矛盾,她既想快点帮助谢端成为首富,又不愿意太快完成这个目标,目标达到后她就要回天庭了。这两方面的矛盾,实际上是出于同一个原因,因为田螺女爱上了谢端。

谢端其实也爱田螺女的,尽管她的长相不尽如人意,但毕竟会日久生情,何况田螺女施加给他太多恩惠,谢端自然很感动。当时谢端已家财万贯，他把屋子翻修得富丽堂皇，昔日邻居大妈的房产也被他一同买下，他的富裕在整个州里都很有名。他也有了新的邻居，都是一些大官，带着一群貌美如花的未婚女儿，争先恐后地向谢端示好。不过谢端并没有动心，他对田螺女说，要么你还是留下来吧，等我死了再回去。田螺女凡心大发，顺势成为了谢端的妻子，两人过上了再奢侈的东西也唾手可得的高质量生活，只是他们从不吃田螺。

那天凌晨，田螺女摇醒了谢端，谢端见她面色蜡黄，全身被粘稠的汗水包裹，便问她，究竟出了什么事。田螺女说，她刚刚梦见一个天庭的旧友，那人告诉她，两天后她会遇到大灾，如不及早做准备性命都难保。她本来还打算细问他，但那人说，天机不可泄露，他这样托梦来告诉她，已是违反天条。讲完这些话，他径自消失在墨绿色的噩梦里。谢端搂着田螺女的肩膀，可她却无法冷静下来。她说，这一天终于来了，看来上天为她的失信震怒了。谢端安慰她说，别害怕，我总会保护你的。

谢端陪田螺女战栗了好几个时辰，两人终于从众多不靠谱的逃生计划里挑出了一份可行的。当年田螺女藏身的田螺壳密封性很好，而且已与她有了默契，必然能够保护她。等执法天神踩着叛逆的云朵来到谢端家门前的时候，田螺女准备藏在田螺壳里，但因为不能泄露自己的气味，她还需要把田螺壳的口封起来。两人商议许久，总找不到合适的材料。谢端本来提议用胶水封，田螺女反对说胶水会弄得她全身很脏的，而且也不牢固，气味会外泄。谢端又说，那么拿米饭吧，田螺女连连摇头，她说，别看天神们一副正气凛然的样子，其实个个是饭桶，最爱吃白饭，要是闻到米饭香一定会找到田螺壳后把饭挖出来吃掉的，这不是给了他们找我的线索吗，还怎么保命？谢端又提了几个方案，都被田螺女毫不留情地否决了。最后，他只得吞吞吐吐地提到了他们新邻居的名字。他说，她家里有一种蜡，是皇帝赏赐给她爸爸的贡品，很牢固，密封性也首屈一指，用来涂在碗上的话，就算里面盛的是福建千里香馄饨，香味也无法散溢。

　　他们的新邻居是个官家小姐，面若桃花，肤如凝脂。她在父亲驻守的海边小镇嬉水，倒影洒在海面上美得光怪陆离，妒心大发的海水竟怒得咆哮起来，引起了一场小规模的海啸，把一些正常名字推上了伤亡人员的名单。她本该受到重罚，但她长得太好看，心肠再硬的刽子手也不忍心砍她的头，无奈之下，父亲把她送到远方小镇上，为她重铸了一份如同被软禁般的生活。算起来，她来这里居住也有两个月了。田螺女已能游刃有余地驾驭人界的生活，基本上想得到什么都能如愿，唯独不能改善自己的容貌，这就使得她的丑变得格外刺目。如此说来，田螺女理应很讨厌新邻居，实际上也正是如此。不过，田螺女讨厌她并不单纯因为她美丽，还因为她老是来他们家串门。她的理由各式各样，包括送礼物、聊天解闷、家里虫子多、侍女请假了没人照顾她，她还把油盐酱醋、葱、大蒜、扫帚、衣架、苍蝇拍、茶具等等全都借了一遍。此时田螺女来人间已有好些年，情商得到了很大的提高，新邻居的不断光顾让田螺女不得不生出戒心：她大概是来接近谢端的。其实谢端并没有什么大优点，然而谢端是新邻居能接触到的唯一一个男子，她青睐他是顺理成章的。反观谢端的反应，起初他还总是出门照顾生意，得知新邻居一直上门拜访后，他越来越爱赖在家里接待她，直到田螺女大发雷霆，谢端才收敛一些。

　　田螺女毕竟也是比人类高一等级的生物，异常心高气傲，要她向新邻居去借蜡，她情愿被天兵天将砸成田螺饼。然而，她更不愿意谢端去问新邻居借，他们的任何接触都会让她不安，所以她还是决心自己去。田螺女从衣柜里挑出最时髦的衣裙，还镶了满头阿拉伯水晶，打扮得像王母娘娘在瑶池开舞会时的模样。她提前在脸上调配出趾高气扬的标枪，然后跑去隔壁敲了敲门，而她猛然意识到，不管自己以何种姿态出现在新邻居面前，都无法改变她弱势的处境。

我很怜悯田螺女的处境，假如我能穿越时空，必定跑到他们家旁边买一所房子，让那个佳人邻居去别处安居乐业。然而我记得小明曾经说，穿越时空是不可能实现的，所以不管我自己的观点如何，我最终还是决心不去追究如何帮助田螺女的问题。取而代之，我要思考的是，怎样解决和小明之间的情感死结。

夜间九点的时候，街上行人却一点也不稀疏，我穿着宝蓝色的无袖凉背心，像一块泼在人群里的水渍。尽管觉得疲惫不堪，我还是低着头往前走，如果这时候脚下还有个易拉罐给我踢，我会觉得更满足。只是不知道什么原因，我忽然感觉自己已经年纪很大了，至少有四十五岁，被罗列进了中年妇女阶层。我的生活空间只有一条缝隙，我把所有的孤独都归纳成更年期。我从口袋里翻出学生证，确信自己正在一所文科学校念大学二年级，距四十五岁想必还有些许年份，而我不乐意再成长下去了。我想，小明大概也是这样考虑的。

从我们租的房子到网吧，步行的话半小时是足够了。网吧位于两楼，坡跟凉鞋轮番踩过楼梯，我终于抵达了那个烟味盎然的地方。小明的常驻包厢是 VIP12，我有的放矢地走进包厢，小明就坐在靠窗的位置上。我问他,你怎么一直不回家。他的左右手井然有序地放在键盘与鼠标上,看样子游戏正进行到紧张的团战时刻。为了回答我,他的分心导致他们队的一波团灭,于是他变得不耐烦起来。

我不知道怎该样描述一场争吵,要是争吵发生在小说里,我还勉强能虚构一些愤怒的词句,但若去把一场现实中的争吵复制到纸上,这会让我觉得自己过于刻薄。所以,我充其量只能讲述争吵的缘由,以此来传达一种争吵过的印象,但这种方式往往不能让故事倾听者身临其境。总而言之,就在我们见面的五分钟里,争吵又一次爆发,迅猛而热烈。

我总是害怕成长,以免成为自己所摒弃过的人。在这点上,我和小明不谋而合,因而我们活得简单而清新,没有钱却也没有过于庞大的欲望。我们整天赖在家里,沉湎睡眠,或者看一些索然无味的电视节目,从来不去上课,也懒得和人交流。但就在这次争吵里,我忽然意识到,这种萎靡的生活其实并不符合我的初衷。

我不想独自回家,也不愿和小明呼吸同一片空气,于是坐到了隔壁包厢里,与外面浓烈如陈年红酒的夜色只有一窗之隔。我准备等到天亮,然后回去找房东退房,大不了就以损失押金作为代价,重新回到宿舍去过理想的生活。

对大部分失眠的人而言,等待天亮是件异常艰难的事;但对此时的田螺女而言,等待天亮固然艰难,而等到天色真的明亮如镜以后,她的心悸反而更为严重。这一天正是梦里提到的灾难降临之日,假如不能躲过,那只好离开谢端,被带回天牢受灵肉两重折磨了。

晨露还未滚入尘土时,谢端和田螺女就着手做准备了。时隔几年,不知是因为年龄上涨,还是因为生活过于富足,田螺女的身姿已不如从前那样轻巧,再次回到田螺壳里,她觉得异常拥挤。谢端小心翼翼地用蜡在田螺壳的出口上封了好几层,田螺女蜷缩在壳里,闻到蜡上沾染的新邻居的香气,除了咬牙切齿一番,也没能找到其余的发泄途径;可惜她咬坏的是自己的牙,切的也并非是新邻居的齿。这一系列工作完成之后,谢端抓起了田螺,放在供奉着祖先的灵位背后。他想,他每年烧给祖先那么多金锭子,祖先肯定没少给天神好处。天神再怎么无礼,至少也不会去砸他们的灵位。

　　转眼到了正午时分,谢端吃完饭正要去洗碗。自从田螺女掌管他的生活之后,他就再也没做过家务,动手能力退化到了幼儿园时代,本想好好洗一次碗,却把锅碗瓢盆全敲破了。话说谢端敲完最后一个碟子,原本骄阳如火的天空忽然滋生出一层阴翳。谢端还没来得及反应过来,四个五大三粗的大汉就站在了他眼前。这四个大汉都身披银色的铠甲,胡须养得和头发一样长,他们长得异常健壮,估计把他们的肌肉切下来能供全村人大吃三天。

　　谢端和那四个人彼此打量了一番,他猜想这就是田螺女口中的天神,踟蹰着不知讲什么开场白的时候,其中为首的大汉已开口,他说,我们是玉帝座下的“喜怒哀乐”四大天神,今日奉命来缉捕田螺女归案。你要是脑子里没进水,就快点把她交出来,免得惹祸上身。讲话的那个大汉声如洪钟,从他的表情和穿着打扮推算,他应该是喜神。面对四个庞然大物,谢端害怕得心率直上两百,但他还是佯装镇定,按照计划好的说,几年前的一天,我不小心把田螺女的螺壳敲碎了。她觉得我不礼貌触犯了她,一怒之下挥袖而去,如今早就不知道她身在何方了……话还没有说完,怒神就跳到他面前,大喊一声,哇呀,真是太可恶了!谢端本以为怒神要对自己实施暴力,他正准备一挨打就招出田螺女的下落时,怒神却瞪了他一眼,转身回到喜神身边。怒神说,哇呀,没抓到人我好生气,不如我们今天先回去吧。喜神笑眯眯地说,他说什么你就信什么?我们先进屋搜搜看再说。谢端不敢阻拦,只好恭敬地让出一条路。

和这几个彪形大汉相处了不到一刻钟,谢端就发现,除了喜神其他三个人都是做摆设的。怒神虽然长得金刚怒目,但实际上只会吆喝:"哇呀,我好生气!"哀神走路飘逸得像踩着云,当喜神在满屋搜田螺女的时候,他悄无声息地跟在旁边,抽泣般地低声说:"找不到……怎么办才好……"至于乐神,他根本没有进屋,而是一心一意地在门口草丛里斗蛐蛐。

喜神在屋子里翻了半天,弄得一片狼藉,但始终了无收获。谢端给他们每人奉上一碗八宝茶,几位天神一饮而尽,喝完说要进行第二轮搜查。谢端问,天神大人,已经找过一遍了,分明她不在这里,为什么还要再来一次?喜神喝惯了天庭里的琼浆玉露,难得喝到俗世的茶让他味蕾一震,认为谢端拿人间的极品来招待他,所以态度缓和了很多。他说,小伙子你不明白,这事有点蹊跷。这间房间里确实有田螺女的气味,但如果她就藏在这间屋子里,那么气味应该重很多;如果真如你所言,她几年前就走了,那现在这里早就没她的气味了。谢端托着下巴想了一会儿,把天神拉到靠近祖宗灵位的厨房里,他说,你们闻闻,气味是这里散发出来的吗?喜神撩起胡子,深吸了一口气,又皱眉思考了一番,说,嗯,好像就是这里,那她人呢?谢端说,是这样的,几年前她在这里烧椒盐排条,由于切猪排的时候太兴奋,不小心把手指切断了,那时候血流满地,渗透在地板里久不散去。如今房间里还有她的气味,我疑心就是这个缘故。谢端怕语言并不能打动喜神,还特意装了四袋大米送给他们,喜神眉开眼笑地说,那我们去别处找找。于是他带上三个不知道在做什么的弟弟,随闪电一同消失在庭院里。

他们的步伐如此匆忙、智力如此低下,让谢端有些难以置信。他跑到田螺壳旁边,轻轻敲了两下,问田螺女,他们走了,你没事吧?田螺女本想钻出来呼吸一下新鲜空气,无奈新邻居的蜡品质实在太高,她头发磨得满是蜡油,却怎么也出不来。她向谢端呼喊,但变小后声音也随之缩减,此时恰好全被蜡挡住,变成了回声盘旋在狭窄的田螺壳里。谢端见她没回答,又自顾自地讲了下去,他说,我知道了,你一定是在担心他们会折返回来,那你再躲一会儿看看吧。要是累的话,睡一觉也无妨。

我睡醒的时候,电脑桌上已积满了日光,任凭网吧清洁员怎样擦拭也赶不走。我把走路的音量控制到最低,偷偷走到隔壁包厢门口,只见小明还在虚构的世界里奋战,不知疲倦。我水平晃了晃脑袋,企图缓解颈椎的不适,然后走上了寻找房东的路。

房东就住在我们隔壁,所以她还兼职了一个"邻居"的身份。她和田螺女的邻居不同,美貌与勾引策略要逊色很多,却也恼人得很。我去见房东,我说,这间房子我们不租了。我这样劈头盖脸地表达了我的想法,其实对她有些不公平。如果我精通交际之道,理应先和她寒暄一番,称赞她这个发型吹得很漂亮,或者吹捧她套在身上的丝绸外套一定很贵,然后议论几条《新闻联播》里的头条,最后才讲出我的真正意图。也许正常的人生本来就该是这样迂回曲折的,但我活了近二十年仍不能适应。我想了想,觉得自己至少得告诉她退房的原因。于是我迎着她诧异的表情说,我准备和小明分手，不需要房子了。

　　房东眨了眨眼睛说，年轻人吵架嘛，转眼就会和好的。我当年……我实在懒得听她絮絮叨叨，于是生硬地打断她说，按合同来看，算是我们的过失，押金就留给你吧。她尴尬地笑了笑说，你们确定了吗？我说，嗯。我沉默片刻，房东跑过来搭住我的肩膀说，没关系，我给你介绍新男朋友，我们楼上有几个小伙子挺好的。她边说边出门往楼上去了，由于先前提过她的头发刚吹好，衣服看上去也不便宜，所以这两处我都不敢抓，只能眼睁睁地看着她为自己的媒婆事业努力。

　　我和小明都不太喜欢房东，她这个人很奇怪。为了显得时髦，她经常研究一些涉及星座的东西，因为找不到研究报告的听众，她只好跑到我们屋子里来讲学。比如说，白羊座必须和狮子座在一起，否则就会有各种不幸，情侣整天吵架、生活一贫如洗、连洗澡时自来水管爆裂的可能性都会提高三十个百分点。她经常劝我和小明以后在十月结婚，这样就能在明年六月份生个双子座的孩子。房东竖起拇指说，这你别说，双子座的人确实更聪明一些。她还建议说，必要的情况下还可以使用剖腹产等手段调控时间，确保孩子是双子座。她不断要求我们向着这个目标努力，我和小明有小矛盾的时候，她多半会来互相说点好话，推动我们握手言和。但也有那样的时候，她自己心情一团烂麻线般糟糕，于是气势汹汹地跑进我们屋子里，随心所欲地挑拨离间一番……房东究竟是个拥有怎样性格的人，我和小明都毫无头绪。偶尔她也会讲起她过去的岁月，讲到七十年代时，她的母亲拽着她去看露天电影，那时她年幼得像一颗浑身长着软毛的毛荔枝。她说，那时候大家家里都没有电视机，所以露天电影极受欢迎，汗水在每具身体上蠕动引起的骚乱，蒲扇也截不住的微薄熏风，所有人分享着同一个爱好，这种感觉真美好。回忆推动了她的泪腺，而每当她哭泣的时候，我就不在意她的性格何其怪癖了，我愿意相信她是善良的。

房东还在楼上磨蹭，可能是楼上的小伙子不愿意下来，也可能遇到了熟人，聊天忘了时间。这时候我收到了小明的短信，他问我在哪里。我恍然大悟地意识到了此时自己应做的选择，趁房东还没回来，我迅速离开了她家。

如今是 2012 年，手机早已以地球为范围普及了。我时常猜想，在未来的某一日，手机的应用方式会得到拓宽。就我自己而言，总在想以后有钱了要买上几百个手机，绑定在每件容易找不到的东西上，一旦忘性大发，就拨打对应的手机号码，铃声袭击耳膜的时候即是我找到失物的时候。要是手机的发明时期向前平移一千五百年，那被困在螺壳里的田螺女就有了求救的方式，也不至于落到如今的地步。

田螺女原本睡眼惺忪地躺在螺壳里，却因为一个女人的说话声忽然亢奋起来。女人的声音很轻，田螺女几乎是用直觉听出了声音的主人，正是那位口蜜腹剑的新邻居。直觉是件很敏锐的武器，只是大部分情况下，它的效果都是误导人屈服在他的自我意识之下，往往还自鸣得意。更让田螺女生气的是，谢端仿佛在配合新邻居窃窃私语，她只知道两人在轻声交谈，却无法听清内容。只是对于这样的情况，田螺女也无能为力，她只好占领着螺壳内浓缩的空间，炉火中烧。

与此同时，谢端和新邻居确实在门口交谈。实际上，田螺女平时千方百计地为谢端与新邻居设置交流障碍，并非纯粹是因为她的敏感神经，但即便她再小心，谢端与新邻居的暧昧关系仍顺理成章地牵连了起来。新邻居对谢端说，难得她被封在田螺壳里，不如趁这个大好机会摆脱她。谢端带着一脸矫作的天真问，你想怎么做呢？新邻居说，用火烧蜡啊，烫死她。谢端愣了愣说，这未免太残忍了吧，毕竟她为我付出那么多。谢端这辈子说过很多谎，也塑造过无数虚假的情感，但这一刻他的迟疑是发自内心的。但新邻居完全不能理解谢端的心情，她有些生气起来，她说，你也并未衰老，能不能做个自由主义者。这话说得过于上纲上线，谢端一下子有点晕头转向，觉得新邻居说得那么义正词严，想必多少是有点道理的；而就在他犹豫不决的时候，新邻居又温柔地补充了一句，她说，其实我们早就该在一起了。

　　造物主若也在偷听这个故事，这时他一定得意地微笑起来。天命纵然可改，但终究是不可违背的。田螺女本该被天神带回天庭，走完一圈审判程序、办完诸多手续才慷慨赴死的，后来竟巧妙地逃过了追捕；可是死亡最终还是紧逼而来，只不过以别的方式罢了。前一种死法是为爱情而死，后一种是遭背叛而死，权衡之下，我相信田螺女宁愿选择前者，因为它从表面上看起来更高尚。不必卖关子，故事的结局是这样的：谢端拿起火折子，颤巍巍地点燃了田螺壳上的蜡。为了不给田螺女逃脱的机会，他瞪着滚烫的蜡油的同时，还往壳口添蜡。在旁边鼓励他的女人就是新邻居——不对，我不该再称她为"新邻居"，因为她已经成为了这间房子的女主人。

　　我本人是不喜欢这个故事的，即便是和小明见面的时候，这种低落情绪也大方地搀和了进来。我和小明站在大街上，尽管已经想好要和他分道扬镳，但我仍没勇气主动采取措施。在我看来最理想的结果是：这时候忽然有辆卡车开过，把小明碾成一张薄纸，然后我蹲下身把被压扁的小明折叠起来，一把塞进我身后的那个邮筒，让邮差把他随意寄到遥远的地方。当然这太超现实了，实际上我们的生活是扁平而索然无味的。小明似乎也没找到合适的语言，互相推脱了半天，他终于说，不要生气了，没什么可吵的。不知道什么原因，我忽然哭了起来。

我记得一万日元纸币上印着一个日本人的肖像，那人叫夏目漱石，他写过一本叫《门》的书，故事里的"主角"身份是由一对夫妻所认领的。因为深居简出和外界没有交流，所以他们向内部深陷，最后几乎变成了同一个人。我想，可能我和小明也近似这种关系吧。我已经竭尽所能夸张地讲述了我们之间的故事，我也试过给小明起个惊世骇俗的名字，比如叫"礔礰"、"耄耋"、"狴犴"，但无论怎么做，都不能把我们从庸俗的人群中独立出来。我们即是如此安逸而渺小地生活在一起，没得到任何认同，却也不会被任何外物拆散。在我满脸鼻涕还没擦干的时候，小明把粘有烟灰的手指放进我的头发里，他说，还是老老实实被我绑回家吧，反正房租也付掉了。

为了庆祝重新狼狈为奸，我们本来打算去登记结个婚的，但是由于小明还没到法定结婚年龄，所以我们只好回到那家人声鼎沸的小龙虾店，戴上尺寸不合的塑料手套，重新点上两斤刚在罂粟里洗完澡的小龙虾。

七夜谈

参加那个叫"另类世界研讨会"的活动时，我还是个不谙世事的大二学生。

大二暑假的开端，我在网络上偶遇研讨会的广告。广告上说，研讨会将在午夜十二点于一间老厂房里举办，气氛极佳，参与者讲述的故事也会扣人心弦。那时候我想，所谓的研讨会，无非是由瓜子、碳酸饮料与鬼故事构成的吧。我恰好对这三者都有兴趣，就顺理成章地点击了"报名活动"的按钮。

我记得那天晚上，暴雨下得层层叠叠，我双手支撑着一把足够两人容身的伞，结果抵达目的地时还是全身湿透。我把一束目光投向夜光的手表，二十三点五十七分。正在庆幸自己没有迟到，组织者根据我的手表确定了我的位置，他轻快地向我打了个招呼，一团火焰突然从厂房中央窜起。借着火光，我看清了所有的来者，总共只有五个人（不算我），他们的年纪参差不齐。

互相寒暄了一番，有位年近五十的男子已经跃跃欲试，于是他成了第一个讲述者。

故事一　医疗事故

心理医生有时候是个很艰难的职业，每当治疗室除我之外空无一人时，这种感觉就会渗出皮肤将我包裹。我确认性地敲了敲桌子,是的,艰难。

最初做心理医生时,我总是奋不顾身地闯入病人的精神世界,为自己设置和他们一样的精神裂纹,结果时常搁浅在他们的世界里,不可自拔。日子久了,一些圆滑的职业技巧就用顺了,我开始把病人的症状与书本对号入座,然后进行一番夸夸其谈。

"医生,医生……"我不耐烦地抬起头,对面座位上的人用极其轻微的声音问道,"您在听我说话吗?"

"当然。"我的口气毋庸置疑。对面的女人挠了挠额角,小心翼翼地继续她的讲述。女人四十出头,拥有过一段为期两年的婚姻,继而顺理成章地成为了单身母亲。她有个十八岁的女儿,可能因为家庭原因受到刺激,精神状况一直很不稳定……"这几个月来,她的精神失常越来越严重,身体也越来越虚弱。"我感到女人隐忍着的哭腔。

正式见她女儿,是在一个日光如新鲜杏仁片的六月清晨。女孩穿着浅色连衣裙,消瘦得像根棉签,但很难从她脸上找到任何类似病容的东西。她挑了一张靠窗的椅子,还没坐下就开始对我说话,"没有人告诉你吗? 你长得很像拉蒙先生。"

我笑着摇了摇头,"那是谁?"

"一个植物学家,"女孩抿嘴时露出了酒窝,像是怕我不明白,她又补充说,"拉蒙先生亲自种植了镇上所有的夜光树,他住在离我家两条街的地方。"

"夜光树?"我有些莫名其妙。

"是啊,它们白天和一般梧桐没有区别,但是太阳下山以后,它们会发出橘色的光。那些夜归的人,只要沿着夜光树的光行走,就能找到自己的家。"

　　她讲到这里,我恍然大悟,恐怕拉蒙先生和夜光树都是她自己精神世界的产物吧。女孩的母亲曾向我提过,女孩一周岁生日的那个晚上,她和丈夫发生了激烈的争执,当时丈夫怒火中烧,端起一盆冷水就往女儿身上泼去。那是冬天,女孩冻得奄奄一息。后来女孩就对黑夜怀有一种浓烈的恐惧,睡觉时总是从头到脚都蒙在被子里。显而易见,这就是现实世界里促生"夜光树"的因素。明白到这一点,我试图阻止女孩的意识,挑她的漏洞。"那么,夜光树和路灯有什么区别么?"

　　"夜光树有生命呀,拉蒙先生用了很多年才种满整个小镇的!"她强调说,"而且,夜光树只在**那个世界**才有。"

　　我大吃一惊,一般精神病患者是不能区分现实世界与精神世界的,这个女孩子的病症真有些不同寻常。我颇为好奇地继续与女孩对话,企图得到更多信息。

　　"方便讲讲你平时的生活吗?"

　　"恩,我住在一栋水做的房子里,靠在墙上能感到一种特别的温柔。每天放学回来就和妈妈一起照顾盆栽,至于爸爸嘛,他外出工作,偶尔才回来一次。"

　　"有邻居?"

　　"邻居们最有意思了,卡夫卡先生住我家左边,他很开朗,经常和父亲在屋子外喝酒聊天。他好像很博学,听说在写小说,不过我从来没读过他写的东西,唯一印象深刻的是他和父亲喝酒后满地的花生壳,像一队散乱的楔子镌刻在小镇的记忆里;再数过去有个梵高先生,长着一对让所有人惊艳的好看耳朵,家里也富裕得让人瞠目结舌。曾经有人劝他造一栋十层的高楼来彰显威望,虽说以梵高先生的财力而言不在话下,但他拒绝了,他的理由很浪漫,因为那样会挡住星空。"

我耐心地听她逐一清点完趣味盎然的邻居们,忽然明白,她的心里有个乌托邦,**那个世界**与现实截然相反,所有的悲哀和遗憾在那里都得到了弥补。她想治愈的不只是她自己,而是现实世界里所有的伤痕。我仿佛被很多年前的那个自己附身,情不自禁地沉迷在她的世界里。我不动声色,她自顾自地讲了下去。

"究竟何种缘由使我初次来到那个小镇,我不记得了,总之我已经在那里住了很久了,久得能让一整个游泳池的酒精全部挥发完。

"在我持有居民身份的这些日子里,生活一直很清闲。我有一个叫卡朋特的好朋友,她的上一份职业是流浪歌手,有一天她骑着山羊来到我们镇上,再也舍不得离开。我和卡朋特最常做的事,就是结伴去拜访卡夫卡先生。

"卡夫卡先生是酒馆的常客,他在露天吧台拥有自己的专座。每天清晨钟楼敲出第七个音律的钟点,卡夫卡先生就会出现在他的专座上,而我和卡朋特就像闻到腥味的埃及猫,马不停蹄地跑到卡夫卡先生身边。卡夫卡先生很热衷晒太阳,几乎是凭借这个爱好消磨了大部分人生。不过即便是下雨天他也会打着伞坐在露天吧台里,他说,其实太阳就在那里,只是被积雨云覆盖了,但真正晒太阳的人,仍然能感受到日光。其实我不太理解他的具体含义,但我总觉得,他是一个温暖如三月龙爪柳的人。

"卡夫卡先生喜欢念故事给我们听,他几乎用声音触摸了所有的童话,我和卡朋特总是听得津津有味。有时候我们会向他提议,

'讲讲你写的故事吧,卡夫卡先生。'他摇头晃脑地笑着,讲了一个变身甲壳虫环游世界的故事。他说,其实世界不止是庞大的,更是美妙的。然而此外,他就再没提过自己写的故事,不过我们还是坚定不移地相信,他是个天才小说家。

"有一天,卡夫卡先生得了很严重的流感,咳嗽里粘满血丝,更不幸的是,这种流感病毒同时还找上了卡朋特。高烧中的卡朋特拒绝食用任何东西,她用嘶哑的嗓音说,也许她再也不能唱歌了,他们两个就像夏日的冰棍般迅速地消瘦下去。接连好几天,妈妈禁止我出门,理由是要让我成为流感的幸存者。

"我好久都没有见到卡朋特和卡夫卡先生,每天对着窗台,鼻翼里恍惚地钻入酒馆特有的香气。不知道他们此刻的生活到底如何,不知道流感过后一切会不会安然无恙。我怀揣着担忧望向窗外,忽然想起卡朋特说的她家乡馥郁的夜色,想起卡夫卡先生朗声念出的一幕幕童话,感觉自己其实并不孤单。我把羽毛笔浸润,想为我的流浪歌手朋友写一首诗——《与你为邻》。

> "为什么极乐鸟开始绽放行踪,
> 每一次,当你靠近的时候?
> 它们的愿望和我的如出一辙,
> 那就是,与你为邻。
>
>
> 为什么星星从天空的怀抱里滑落,
> 每一次,当你轻声走过的时候?
> 它们的愿望和我的如出一辙,
> 那就是,与你为邻。

在你生命线开始熠熠生辉的那一日，

所有的天使齐聚一堂，

决定让这个世界簇拥一场最真实的梦，

于是他们把月亮里的金色粉尘喷洒在你的头发上，

而你的眼睛则被星光染得清澈见底。

那就是为什么，

整个镇子的人都跟在你的舞鞋之后，

就像我一样，他们分享着一个愿望，

那就是，与你为邻。

"大约一个礼拜后，流感被人们驱逐出了小镇。如奇迹一般，所有人都恢复了原先的生机。我把这首诗拿到酒馆，在卡夫卡先生为它谱曲之后，卡朋特有了第一首属于自己的歌。她在小镇北边的空地上搭了个舞台，吉他弦迸出这首叫《与你为邻》的歌。镇上的人们慢慢围在她身边，音乐给小镇带来空前的感动，日光把她的梦想照得很漫长。"

女孩的故事讲到这里，我几乎已为她讲的世界所入迷，于是情不自禁地做起了分析。

在我们的世界里，卡夫卡死于肺病，而卡伦·卡朋特的生命则断送在厌食症手里。在女孩的世界里，一切截然不同，她用一场流感代替了所有的病痛折磨。流感虽然会让患者一时难受，但它就像暴风雨一样去得很快，风雨过后一切风平浪静，圆满的大结局收尾。我有些感动，**那个世界**那么单纯美好，有梦想有尊严，死亡则望而却步，我感到女孩的骨子里有种很极致的憧憬。

我没来得及说任何话，女孩又开始了下一个故事。

"我的十八岁生日是在小镇上度过的，那时候我兼职做一份邮递员的工作。确切地说，是把镇外传来的消息发送给每户恰当的人家。我家里没有过生日的习惯，虽然十八岁应当有成人礼仪，但这些对我来说，都只是形式上的事。

"我照旧推着邮政车开始工作，那天的信出奇地多，仿佛信件在邮局堵塞了几个月却在这一天蜂拥而来，不过邮递工作是我的本职，只能挨家挨户地送。

"就在我抵达第一户人家，要把信塞入信箱时，忽然看见信箱口插着一支深红色的玫瑰，玫瑰边还斜置了一张明信片，写着生日快乐一类的言辞。我瞬间很感动，也许在你看来是件很普通的事，但对我而言，被人在意是一件很感人的事。

"我沿着街道逐一把信送出，发现每户人家都为我准备了玫瑰和明信片，植物学家拉蒙先生还特地为我培育出一支彩色的玫瑰。它们只是安然端坐在信箱上，等我伸手摘取那份静谧而温暖的爱。我曾经觉得自己活到十八岁，生活向来很简陋，但现在，我明白我错了。

"回到家的时候，黄昏把整个小镇拥在怀里，夜光树在街边蠢蠢欲动，时刻准备吐露橘色光芒。终于把这百感交集的一天过到了黄昏，我抱着明信片与玫瑰进了家门。翻看明信片的时候，我小心地先取了我最在意的那张。那张明信片来自一位我暗恋已久的男孩子，有个阶段我一直小心地跟在他二十米远的身后，警惕着自己不被他发现。他比我大三岁，我知道他所有的秘密与爱好，却从不敢正视他一眼。

"'你好……'我抬头深吸一口气,继续念了下去:

'你好,不知道你的名字叫什么,但很早就记住你了,那个一直在我背后低着头走路的女孩子。听说你今天十八岁了,生日快乐。

'其实我有时候也会偷偷跟你,看你对着夜光树傻笑的样子,你是不是在想,如果你爸爸忽然在某天晚上回家,有了夜光树就不会迷路?

'很想知道你为什么总是不开心,其实生活就像滚雪球一样,只要你有勇气往下滚,雪球一定会越来越大的。只要愿意去感受,就会发现旁逸斜出的意外惊喜。

'我记得我十八岁的时候,脆弱得像块炸薯片,以为自己只拥有两件东西,一是遥不可及的梦想,二是永远没有人认同的价值观。所以我想,你比我幸福很多,因为如果你还没找到那样的人的话,我愿意做第一个认同你的人。'

"明信片很短,我却反复看了很久。出于某种超出语言之外的感情,我感到眼眶开始沸腾。如果可以的话,我想永远留在**那个世界**里。"

我打断了她,"**那个世界**?"

"嗯,"她的表情很淡,她说,"我一直知道存在着两个世界,我必须做出选择,究竟哪边才是真实的世界……"话还没说完,一阵咳嗽阻止了她。

我想我是明白的,毫无疑问这个是真实的世界,但**那个世界**才是适合她的世界。她在那个世界里感受到了被爱,感受到了坚持存活下去的意义,拥有真正的生命。

我治疗过很多病人,几乎所有受过伤害的人都怀有伤害他人的欲望,然而这个女孩,想的是把治愈施舍给全世界。我不忍心把她拉回现实,不忍心让她重新变回单亲家庭的、怕黑怕水的女孩。我反而更希望女孩真的只存在于虚构出的世界,可以的话,我愿意把这个现实世界从她心里彻底剔除。

于是我开始了一场"反治疗"的治疗,普通治疗是找出虚拟世界的漏洞,从而迫使患者回归现实,而我却试图帮她继续构造那个世界。整个过程中,她一直很配合,好像她自己也心甘情愿地选择了那个世界。

不久后,她的母亲又来找过我一次。她拿起我桌上的红茶劈头盖脸地泼过来,她说她的女儿现在只会胡言乱语,连清醒的时刻都没有了,她彻底失去了这个女儿。她歇斯底里地怒吼,一直吵到我们院长的办公室,说出了这么严重的医疗事故一定要把我革职。

好不容易把她送走以后,院长把我叫到他办公室,例行公事地询问了一下我的治疗方法。我没有告诉他,真正导致这种结果的原因:因为我们一致选择了过于美好的**那个世界**。

我只是佯装轻松地对他说:"心理医生有时候是个很艰难的职业。"院长确认性地敲了敲桌子,"是的,"他停顿了一下,"很艰难。"

他的故事讲到这里,就全剧终了。在场的人并未给出很大的反响,每个人都把视线对准厂房中央的火苗,因为难以下评论,所以大家颇有些不知所措。这时我开始意识到,这个集会较之我先前对它的想象,要远远有新意得多。

我低头剥着指甲,一位女士的声音开始触碰我们的耳膜——

"以我所就读的大学为中心，北偏东三十五度的方向，步行二十分钟，时速控制在三十公里左右，会出现一个叫做七点商场的百货公司。"我想，第二个故事已经开始了。

第二个故事　七点商场

以我所就读的大学为中心，北偏东三十五度的方向，步行二十分钟，时速控制在三十公里左右，会出现一个叫做七点商场的百货公司。

我是个讨厌列数据的人，之所以把路程表述得这么复杂，因为距离事情发生已隔了近十年，周边的建筑全部焕然一新，何况七点商场不是什么平庸之地。如果不讲得这么精确，怕是找不到七点商场的。

十年前，我还是个法学院的大学生，背包里塞满各种课件，袋里却总是没什么钱。因为家境贫寒的缘故，我一年里新添置的衣服不会超过两件，还都必须挑疯狂打折的商品，大部分时候，我穿的都是母亲年轻时的衣服。进了大学，人心里的势利多少开始被唤醒，在同学们眼里，我就像我的衣服一样不合时宜。所以我在大学里没什么朋友，走到哪里都形单影只。

学校坐落在郊区，大约十年前，投机者们尚未意识到这块地的商业前景，校区附近还蔓延着许多自然界元素。从北校门往外走一小段路，成片的麦田就能把散步的人卷进怀里；而每逢春天，油菜花情绪高涨地绽放仿佛吸过大麻一样，当时的我极其渴求那样的场景与情怀。我记得那是一个寻常的礼拜三,草率地吃完晚饭后,我独自出北校门走向农场区。时值六月,天黑得很晚,我穿着一双夹脚拖鞋,缓缓地在乡间小道上行走。

迎面扑来夹杂了草籽气味的风,我深深地吸了口气,忽然发现不远处有隐约的灯火。我曾把这条路走过好多遍,却从来不知道这附近有人家居住。念大学之前,我听说大学城在建造之前,是个古墓的遗址。这时候想起这个传说,不由得毛骨悚然。

迟疑片刻,我终究还是朝灯火的方向走去了,反正我这样的人活在世上也索然无味,如果真有鬼魅,不如把我一起带走吧。随着步伐的接近,灯火变得越来越清晰,我发现这建筑是个庞然大物,入口处荧光灯亮出四个大字:七点商场。

我像弓弦一般紧绷的心情瞬间放松下来,这也许是一家开在郊区的厂家店。虽然没什么钱,但既然摸索到了这个地方,不妨进去逛逛。

"欢迎光临七点商场。"年老的营业员露出谄媚的微笑,一边打量着我的着装。那天我上身套了一件红蓝相间的格子衬衫,下身是一条米色的一步裙,这两样都是母亲的旧衣服,搭配在一起,俨然就是上世纪的打扮风格,很土气。

营业员挑出一件白色镶边连衣裙,面带职业性的微笑,递给我说,"小姑娘,试试这件吧。"

"不,不用了……看看就好。"我有些害羞。

"没关系的,先穿上嘛。如果你不愿意试穿适合你的衣服,衣服是会失望的。"

她的说法很有趣,逗笑了我,于是我换上了这条连衣裙。站在试衣镜前,整整五分钟我都说不出话来。镜子反射出的影像确实很美,我从小到大从未这样美丽过,但震慑到我的并非仅限于此,我恍惚感觉到,镜子里出现的是另外一个人。

"真美。"营业员如欣赏自己的杰作般感叹道。

她的声音把我拉回了现实,我意识到应该立刻换下这件衣服,以免承受买不起又割舍不下的痛苦。营业员似乎看穿了我的心思,说:"小姑娘,你知道七点商场的规则吗?"

"规则?"我情不自禁地挑起眉,这时我才仔细地观察了一下营业员,她的脸和身体上皱纹密布,深陷的眼睛散发出衰老的气息。我想,一定是公司为了节约成本,才请老龄员工来工作,反正厂家店开在郊区,平时工作也清闲。我冲她摇摇头,"不知道。"

"七点商场的主人是一个意大利服装设计师,他对'衣服'这样东西有很独特的理解。主人开这家商场并不是出于营利性的目的,在七点商场里,所有来客,凡是能找到适合自己的衣服,直接穿走就行。用主人的话说,重要的是穿衣者必须能体现出衣服的价值,这是对衣服的尊重,因为,其实每件衣服都是有**灵魂**的。"

"如果合适,就不用付钱吗?"我不无惊异地问道。

"不错。"营业员点头,斩钉截铁。

那是我第一次去七点商场,作为收获,我带走了五件**适合**我的衣服,固然是免费的。我把母亲的旧衣物留在商场的垃圾桶里,穿着那件镶边连衣裙走上回学校的路,时间将近九点,我一边走一边四处张望,摩肩接踵的麦穗在湿热的风里摆动,我的骨骼里膨胀出一种从未有过的自信,我感到世界如此美好。

在我邂逅七点商场之前，我是个浑身积压着自卑的人。那时候我恰好二十岁，因为无论如何也摆脱不了身上的寒酸气，所以自暴自弃地不愿意和任何人接触，久而久之，连同寝室的室友都把我当成隐形人。对那个时代的我而言，一下子新增五件新衣服是一件值得狂欢的事，这种狂欢几乎夺走了我的理智，但那时我完全意识不到。

第一次从七点商场回来后，我感到体内有种强烈的改变。我迷恋上集体聚会，想让所有人来欣赏我的美；和室友的关系也有了微妙的变化，我开始加入她们的逛街活动，甚至学会主动找话题和她们交流。不出一个礼拜时间，我脱胎换骨，身边居然也有了追求我的男孩子。

然而，并不是所有人都对我的改变抱有善意态度，比如我的一个室友。她算是我们的室花，出众的外表与富裕的家庭让她俘获了万千宠爱，也铸就了她飞扬跋扈的性格。在我蜕变的过程中，她时常主动来找我聊天，但语气中的讽刺与轻蔑的意味日益严重。没过几天，全班都在窃窃私语我被富商包养，后来有人告诉我，信息的来源是我那个娇纵的室友。她还嘲笑说，那个富商不是品味独特就是个瞎子。

当时一股愠怒从我心底升起，我的室友不缺少任何东西，却要如此针对一无所有的我，我努力从别人的歧视中走了出来，她还偏要肆意凌辱我的尊严。因为她如此刻薄的攻击，我决定再去一次七点商场，我想，也许只有让自己拥有更多，才能达到报复她的效果。

于是隔了三个礼拜后，我又一次去了七点商场。

接待我的还是那个营业员，她苍老的面孔里流露出一种得意的神色，仿佛我的再次光临是她意料之中的事。"你觉得有什么适合我的衣服吗?"我轻声地问她，略带一种羞耻感。

她点点头，带我从一个房间穿梭到另一个房间。我注意到，七点商场里有一间上锁的大房间，我问她，"那里面是什么?"

"那是最**顶级**的衣服，一般人是不能试穿的。"

"顶级? 这是怎么区分的呢?"

"啊。"她抿着嘴唇思考片刻，"主人说过，其实衣服是**身体**的一部分，当身体和衣服能达到合二为一的效果时，那才是真正的顶级。"她一边说一边从衣柜里拿出几件**适合**我的衣服，我顺从地试穿了。营业员站在我身后，苍老的面孔被羡慕的神情所占领，"我以前皮肤也有你那么好的。"

"我也会老的嘛。"我安慰她。

她摇了摇头，把话题转回到衣服上，声音里有种怅然若失，"这件衣服颜色不错，穿在你身上很好看。"大概是想把话题扯远一点，她又补充了一句说，"你知道吗? 人体内其实有各种**绝美**的颜色。"

我第三次来七点商场，纯粹是因为上瘾了。

不需花钱，却能找到适合的衣服，然后用它们把自己点缀得楚楚动人，去让爱慕的人欣赏，让憎恶的人嫉妒。说起来，这算一件大快人心的事。

为了有更多时间去选择合适的衣服，第三次去七点商场时，我逃掉了下午的两节法理学课程，出发得格外早。下午的乡村小路渗出一种独特的明媚，我想象着苍茫的农场里镶嵌着一位二十岁美丽女子的画面，不禁滋生出无限的自恋感。

绕了几个弯，我终于找到了那栋熟悉的建筑，"七点商场"，我念了一遍它的名字,嘴角难以掩饰地皱出了笑容。正准备进去时,我蓦然发现,门前竖着一块布告牌:七点商场营业时间 7:00 p.m.—12:00 p.m.。我恍然大悟,七点商场是在晚上七点开门的,这就是它命名的由来。但为什么偏要选在晚上开门呢?我感到这个商场有些蹊跷。

还没来得及细想,布告牌上的一幅画吸引了我的视线:在辽阔得让人心悸的森林里,有一头长颈鹿。长颈鹿的身体正被火焰包裹着,但它安然无恙地站在哪里,既不哀嚎,也不寻找水源。近景处有一个女人,她的身体就像一个柜子,从胸部到腿部插满了半开的抽屉,凑近看,还会发现她的身体被一条绳索串联着。画的右下角标注着画家的名字:S. Dali。

不知道为什么,画里的女人投射给我一种难以言喻的压力。我盯着她看了片刻,感觉自己身体里像是有某种东西在融化。像要甩掉厄运一般,我转过身匆忙地向学校跑去。

后来,我在网上查到了那幅画,画家叫萨尔瓦多·达利,他最自豪的是和毕加索一样拥有伟大的西班牙国籍。那幅画的名字叫《火焰熊熊的长颈鹿》,注释说,达利利用打开的抽屉象征了女人孤芳自赏后的满足。

如我先前所述,自从受到七点商场的恩惠之后,我的自信心像决堤的河水一样从身体里涌出来。我凭借这股自信与娇纵美貌的室友抗衡,后来我才明白,这种自信与抗衡都是无止境的。我第四次去七点商场,是冲着那些“最顶级”的衣服去的,我想证明自己的魅力远高于我的室友,我想看到她怨恨得要哭的样子。

“欢迎光临。”营业员依旧这样跟我打招呼。

"我想知道最顶级的衣服是什么样子的。"我开门见山地说,这些日子以来,我说话的方式越来越生硬。

　　"嗯……"营业员停顿了片刻,像是很为难地说,"想了解最顶级的衣服,你必须加入我们的圈子,加入条件是贡献出一件最顶级的衣服。"见我愣了一下,营业员安慰似的向我微笑说,"我以前跟你提过主人的理念,当身体和衣服能达到合二为一的效果时,那才是真正的顶级。制作最顶级的衣服,需要从你的身体里榨出各种颜色,以及二十岁特有的青春气质。"

　　我顿时惊慌失措,脑子里跃出达利的那幅画。营业员注意到我神色的变化,用柔软的语调继续讲道:"放心,不会死的,也不会受伤。如果你需要压倒一切的美丽,只有这么做。"

　　画里的女人从长颈鹿的身边走过,火焰在她背后争强好胜似的燃烧着,顷刻感染了整片森林。女人一直走到画纸上最显眼的位置,打开身上的抽屉,留下了某种形而上的东西……我忽然领悟到那幅画的意义。

　　我曾经以为七点商场是免费把合适的衣服送给我,但现在我懂了,每次我来到七点商场,打开身上的抽屉,留下了身体里弥足珍贵的东西,一步一步,在虚荣里越陷越深,最终掉入它们的陷阱——贡献出身体里能制作衣服的原料。我以为衣服给了我自信,其实更是助长了我的欲望。我想,把身体里的元素榨干以后,我就会变成营业员那样干瘪衰老的模样吧。我一定会在看到结果的那瞬间不甘心,然后做下一个营业员,诱惑下一个年轻女孩交出身体……所有的年轻女孩都进入了那个悲哀的循环,唯独"主人"仓库里的最顶级的"人体衣服"还在增长。

我没有给营业员任何答复,借口要上洗手间,她狐疑地打量着我,选择了相信欲望的强大力量,眼睁睁地看着我离开她身边。我穿过罗列得井然有序的房间,找到一个熟悉的垃圾桶,从里面翻出了母亲的旧衬衫与黄白不匀的一步裙。

我竭尽全力向商场外跑去,那时候月亮还未来得及升到中天,我在麦田的怀里跑得忘乎所以,耳朵里只剩下透彻而尖锐的风声。

故事在一片景色描写中抵达了尾声,余下的五位听众依旧有些怅然若失,没有人鼓掌,也不见任何讨论。顽固的雨还在拼命袭击着大地,由于厂房没有门,湿气不断地扑面而来,我感到气氛有些压抑,于是我转向身边的一位男士,企图讲一些缓和的话。我说:"这个故事是虚构的吧,你觉得呢?"

"大概是吧,"他朝我笑了笑,脸部肌肉僵硬地抖动着,"不过我相信另类世界的存在,我给你们讲个真实的故事吧。"

第三个故事　机器人

1

我的父亲在机油味令人作呕的房间里玩螺丝钉的那一年,世界上还没有我。父亲把螺丝钉逐一立起来,放成一排,然后引发出一场多米诺骨牌效应,牙齿还一边格格作响。玩累了,父亲跑到仓库里,往身体里浇上一罐油。

父亲是机器人,处于一个与人类相互对立的身份范围。他只欣赏一个人类，那个人叫雷锋。雷锋在被公布的日记本里写到："我想做一颗螺丝钉。"在这句话里，雷锋的着重点其实是"想"字，这个字背后的复杂效果父亲固然不能明白，父亲只知道"螺丝钉"是自己身上一个零件，他觉得雷锋这个年轻人很有志向，总有一天会归顺机器人大部队。而父亲不知道的还有很多，比如雷锋其实酷爱照相，穿着打扮方面也是当时一流的潮男。

父亲偶尔抽烟，他把这个行为当做自己额外的技能，这引起了机器人们的不满。机器人这种东西是受集体意志支配的，任何额外的东西都是被禁止的，所以当父亲点着烟站在广场上咂巴嘴的时候，经常有不屑他的机器人过来挑衅。父亲固然很强壮，但也经不起车轮战般的斗殴。有一天父亲的右腿被打坏了，挑事的机器人们见此情景拔腿就跑，因为打架也是集体意志以外的东西。只是所有机器人都在这么做，因而没设定任何惩罚。

那天父亲一个人单脚站在广场上，对着日落西山的天空抽完了所有的烟，忽然感觉有点无聊。他认为是时候给自己造个同伴了，造个能一起欣赏雷锋，一起挨打，并在他受伤后能修理他的机器人。他支着单腿一路跳回家，像一条桀骜不驯的虫子。然后嘛，就有了我的母亲。从我的角度来看，这是父亲最得意也是最后悔的一件事。

再然后，就有了我。

2

我们机器国有个规矩，每个机器人在被造出来的一年后，必须经过一项考试。对于没能通过考试的机器人，集体意志会把它赶出机器国,送往人类世界。

　　我的母亲一辈子几乎只在做两件事,一是跟父亲打架。父亲大概很委屈,他造母亲出来是陪他一起挨打的,结果却适得其反。更可恶的是,父亲根本不是母亲的对手。在造母亲的时候,出于某种不祥的想象力,父亲把母亲的手做成了两把剪刀,这就使母亲的攻击力大增特增,简直像吃了传说中的五石散。每逢夫妻打架失败的时候,父亲就默默地走到后院,趁母亲没跟来的时候,迅速而猛烈地抽烟,并大声对着花草喊一声"他妈的"。父亲不知道自己为什么这么说,但这三个音节凑合在一起让他觉得很有趣,念一遍就会很舒服。母亲大约会在十五分钟后赶到父亲身边,一言不发地用新零件修复父亲身上的伤口。父亲像捕鼠夹上的猎物一样坐在母亲身边,一切完工之后,母亲弹掉身上的蚂蚁,对父亲说一句,"滚。"于是父亲缩起身体,在一定加速度下努力地滚向篱笆墙。"滚"也是父亲的技能之一,这个技能其实很耗体力。父亲总是越滚越快,最终把篱笆撞出个大窟窿。这些窟窿,后来也是由母亲修复的。

　　母亲做的第二件事,就是反复向我灌输人类世界的恐怖。母亲说,人有七情六欲,日子过得很痛苦。而且,人会死的。母亲的这种表述,一定也是道听途说来的。实际上,她并不知道七情六欲是什么,死又是什么。我有时候想,这种说法也许是父亲造完母亲后反复灌输给她的。但是如果父亲真的能成功胜任"教育者"这个角色,为什么不顺便一起告诉母亲,"殴打自己的丈夫是不对的!"我脑子有点混乱,当问题解释不清的时候,我会认为,一切都是**集体意志**,根本没有解释。

　　提到机器国那场惯例般的考试,作为机器人的我感到难于启齿,而现在作为人类的我则百感交集。那次考试,我失败了。考官说我人性太足,不配留在机器国。考官说,叫你父母造下一个孩子的时候,不要这么心不在焉,该输入的程序是绝对不能省略的。过了一会儿,他又补充说,不过你父母手艺还算不错,这眼睛做得漂亮极了,装了阿尔法红射线吧?

3

我的故事终于被引到第三个部分了,从这部分开始,我的记忆有点分叉了,像朵用来测雨量的芭蕉叶。

考官判定我考试不合格后,把我体内的金属和芯片抢劫一空,连眼睛里的阿尔法红射线发射器也被夺走了。然后把一本类似荣誉证书的红皮书放在我手里,宣布说,从此以后你就是个人了,快点离开机器国吧。他用力揉了揉我的手,我痛得一蹦三丈高。这是我有史以来第一次感到疼痛,我以为这就是母亲说的"死"。我说,他妈的,死可真不好受。"他妈的"是从父亲那里偷学来的,但我直到变成人后才从这个词语上捕捉到了父亲被集体意志淹没时的心情。

回到家里,母亲盯着我目瞪口呆,"儿子,人?"我点点头。母亲又问:"阿尔法红射线装置呢?你爸爸的,原创。"我老实地说,送给考官了,他握着我的手无比深情,我不好意思拒绝。在这一点上,我说谎了,实际上我根本没有拒绝选择权。这是我第一次说谎,心里很忐忑。母亲听到这里,什么都没有说,转身就开始和父亲打架。父亲一如既往输得很惨,发出了马儿一样绵长的鸣啸。

后来我才明白,母亲不回答我并非因为恼怒,机器人是不懂恼怒的。她只是再也没有办法理解我说话的方式,不知道我语言里每个修饰词的意思。所以她义无反顾地转过身,决定去做一件最常做的事:和父亲打架。

这时候,抓我去人类世界的机器官兵敲响了我家的门。母亲和父亲扭打在一起,对来者漠不关心。机器官兵扯住我的手,说:"走快点,不拷手铐。"我顺从地跟着他走出屋子,最后回看我以前的家的时候,我发现这次父母的架打得很惨烈。母亲的剪刀手一只插在门背后的木屑里,另一只掉进窗外的水沟里;而我的父亲已经彻底恢复到螺丝钉的原始状态,恐怕再也没有办法修复了。

4

如果故事像上一段这么讲的话,似乎有点过于伤感。由于我已经成为了人,人类的情怀在我体内布下了天罗地网,稍有举动就会牵扯到悲哀色调的感情。所以有时候我想,大概不是那样子。实际上,当我以人类的身份打开家门时,母亲做出了再也不和父亲打架的决定。但是那样的话,母亲就太无聊了,她企图在一辈子里反复做的两件事,瞬间都被禁止了。

母亲依旧像上一个情节里一样回过头,她对父亲说:"滚,拿零件,做新孩子。"父亲茫然地抬起眼睛,问道:"不先打我,一顿?"母亲本来已经制止自己的暴力行为了,但父亲这么一提她又饶有兴致,于是顺便把父亲又打了一顿,并做完一切善后工作。就像以前那样,母亲修好了父亲,他们又用集体意志的形式恢复到人类夫妻间的和谐关系状态。他们在一起,做下一个孩子,目光再也没有接触过我的身体,我仿佛成了隐形的东西。

这次没有什么所谓的机器官兵，我自觉地走上了人类世界的通道。这天阳光很好，我低着头边走边追赶自己的影子。父母的举动在我心里煽动起一股恨意，其实恨是一种很有趣的情感，至少它包含了一层意思："记得"。因为恨的缘故，在我成为人的很多年后，我依旧时时叨念我的父母，每天意淫着他们忽然出现在人类世界，双双跪在我面前哀求说："儿子，原谅我们吧，我们不该无视你。"这有点夸张，父母是合格的机器人，他们永远不可能做出符合我意淫的任何举动。

就我的父母而言，他们肯定顺理成章地和新机器儿子在一起（也说不定是个女儿），早就忘记了我。而我，如今在一个陌生而庞大的世界里，念念不忘地恨着他们。

5

以上的情节同样不能让我满意，意淫是个很耗体力的运动，作为人类而言，我太容易累了。而且在前两个情节里，我根本没有强调出自己作为一个人的个性。

真正的情况是这样，那天回家的路上，我在路边捡到一瓶浓硫酸。出于人类特有的直觉，我感到这是一瓶能颠覆机器世界的液体，我把它藏进了口袋里。五分钟后，我回到了家，这次是父亲开的门，因为开门是个比较低廉的工作，所以适合父亲，而母亲则坐在房间深处运筹帷幄。

父亲瞧瞧我的眼睛，又捏了捏我的手臂，问道："你，什么人！"父亲用的是一句祈使句，我理解到的意思是，他根本不是真的想知道我是什么人，纯粹要表达一种厌恶。我耐着性子说："爸爸，我是你的儿子呀。"父亲有些莫名其妙,于是把脸转向屋内的母亲,做询问状。母亲眯起眼睛打量了我一会儿,一挥手说:"人类,异类,打死!"

其实母亲连人类是什么都不知道,可我看得出来,她是真的想打死我。我往后退了一大步,摸出口袋里的硫酸瓶。照道理说,既然这个情节里出现了浓硫酸,那么它一定会起到应有的作用。我在父亲反应过来之前,把浓硫酸泼到了他身上;又在母亲反应过来之前,逃离了这条街。

后来,等我在人类世界学够了知识,才意识到这个情节真正的结局。我把浓硫酸泼在父亲身上,因为铁离子比氢离子活泼,而父亲的身体又是用铁做的,所以父亲变成了一种叫硫酸铁的东西。硫酸铁有什么用,我也不懂,反正,父亲从此变成了废料,成为了超出集体意志的东西。

得知这个结局,我很后悔。我本意上不想伤害任何人,即使一定要拿硫酸泼一个人,我也希望泼的是母亲。母亲才是真正要置我于死地的机器人,父亲不过是奉命行事,而且以人类世界的目光来看,母亲向来是个乖戾的女人。

6

以上三种情节,都只是我一厢情愿的说法。说实在的,考试失败后究竟发生了什么,究竟怀揣着怎样的心情变成了人,我无论如何也想不起来了。

我所能做的,只是不断设想各种可能性,总有一天找到和事实相吻合的情节,虽然从概率学角度来看,我有点海底捞针。

简直是囫囵吞枣般的,我来到了人类世界,以一个人类的身份工作、恋爱,并在这里生活下去。我现在的同类们,没有一个对我刨根问底,谁都以为我是个努力工作的正直青年,我也没对别人提过驻扎在我记忆深处的那个机器王国。

今天我把故事讲出来,是因为不愿意让这个秘密烂在心里,同时也想说明,其实我们周围存在着很多另类世界。你们如果依旧不相信,把我的名字罗列在"疯子"名单里,我也不介意。

我只想说,世界上其实有很多我们没办法理解的事,不管处在何种位置,本分地活下去是最好的选择,趁这个世界还没有被集体意志吞并,趁我们还拥有选择权。

"什么呀,你也是骗人的吧。"我推了他一把。

他照旧保持着一成不变的笑容,他笑起来其实挺好看,但总有种让人毛骨悚然的感觉。他说:"你把我当疯子也可以。"

我盯着他的侧面望了一会儿,问道:"那你有什么证据么?"

"虽说现在是人类,但毕竟身体里还有机器人的部分无法改变。"他拖起腮,火焰在面前劈啪作响,过了好长一段时间,他脱下外衣,打开自己的胸部,从里面掏出一支烟。在火光的掩映下,胸腔里的铁片与螺丝钉清晰可见。他点起烟,缓慢地端到嘴唇边,再也没有说过任何话。

我们五个听众面面相觑,没有人敢往下讲下一个故事。

关于梦的三个故事

第一个故事:天机

10 月 4 日

又到了和日记本亲热的钟点,把笔杆咬成了想象中的杏鲍菇状,一天的惬意生活便浓缩于此。

今天照旧在早晨八点问候公司的指纹打卡机,总经理出差一周,整个办公室其乐融融,到处散播着放肆而爽朗的笑声。邻座的同事穿了一条颜色如波尔多红葡萄酒的长裙,我给予了发自内心的赞赏,她一高兴把抽屉里所有的时尚杂志都送给了我。在这些时尚杂志的配合下,我驾驭了一个无比悠闲的下午。

晚上还参加了祖母七十五岁生日宴会,我准备的礼物是一根镀金的手杖。酒过三巡,祖母讲起许多年前凄凉而惨淡的生活,对比如今的儿孙满堂,她不禁为自己多年来的勇气感慨万分,喜极而泣。吹灭庆生蜡烛后,祖母悄悄对我讲,在所有盛装打扮的人里她最爱我这个孙女,我们像被通了电似的一齐欢笑起来。

10 月 5 日

好吧,其实我昨天的日记是一派胡言,反正也没有文献规定,"日记里不可撒谎。"

并不存在靓丽而和善的邻座同事,总经理也并未远行,更没有任何值得欢庆的场合。然而反复浏览昨天的日记后,一面觉得它虚假得令人作呕,一面却又感到一种莫名其妙的酣畅。

实际上,我的同事是个年近五旬的接线员,她儿子患有先天性唐氏综合征，导致她看任何人都带着一层怨毒的眼神，她也从来不买漂亮衣服，仿佛害怕衣服的时髦更会衬托出她的不幸。昨天上午，她跟总经理打小报告，说我每天上班至少有三个小时是趴在桌子上打瞌睡的。我和总经理顺理成章地展开了一场争执，结果以我的辞职告终。

而我的祖母，是在昨天死去的。

在祖母告别人世的病房里，除了死神，别无他人。我不曾见她最后一面，而是边写着虚情假意的日记边流泪。我的父母死在我的幼儿园时代，掐断他们生命线的是煤气中毒事故。等我告别幼儿园老师回到家时，剩下的祖母已成了我唯一的亲人。

昨天的日记里我谎话连篇，不过有一点我并没有骗人——我是祖母最爱的人。祖母总是以纯朴而沉默的方式爱着我，尽管她从未开口表述，但我对此深信不疑。

10月8日

洗澡的时候发现自己瘦得像被注射了瘦肉精，摸到肋骨时，有种刻骨铭心的心酸。

自从失恋以后，我便沉溺在浮躁而沮丧的情绪里。我甚至荒诞地幻想着自己是励志小说或电影里的人物，在被坏感情践踏并抛弃后，立刻有新恋情来治疗，而且新的恋人更优质，感情更加波澜壮阔。可是我等了整整三个月，一无所获，连任何细小的关心也不曾收到。我的工作状态也每况愈下，每天只想着如何逃避。

今天和一位相识多年的朋友网上聊天，讲起我目前的情绪低谷。我说我的生活一团糟粕，对世界也已了无牵挂，好像唯有奔赴死亡才是最佳选择，那样或许还能重新回到祖母身边。朋友沉默了许久，打出了这样一行字：

"我有台能控制梦的机器，可以让你见祖母一面，但切勿滥用、切勿泄露这事，想通后尽早归还。"

想必是开玩笑，我无意继续与他搭话，按下电脑的"关闭"按钮，懒得洗澡便躲进了被子，像一粒惶恐的爆米花。

10 月 14 日

收到朋友的造梦机的那天，我惊讶得连写日记的情绪也没有了。推算一番，那是三天前的下午，询问过发霉的日历后，得知这天是礼拜一。

我如绝症患者读药剂说明般翻开机器的说明书，各种物理公式让人眼花缭乱，大体是说这台机器能通过改变人体的磁场，使生者能与死者位于同一个空间进行交流，然而若过多使用机器，使用者会被体内的生物电流电死。

好在现在已是三天后，我终于能够压抑起惊讶，坦然地将事实安放进日记本里。

其实礼拜一当天我就试用了机器，出人意料，我真的见到了祖母。她与我想象中的死者的狰狞形象截然不同，虽然已失去了脉搏，却依然美好安详。我一时没忍住眼泪，一路哭着跑向她。我不知道这是哪个次元，也不知道她对我的记忆是否鲜明如故，可是仅仅看到她的模样，就让我从心底涌起一种生命力。

我把近来杂乱如荨麻的低落情绪交付给祖母，我说，仿佛死亡是解救我的最好办法。祖母用温暖如旧的手抚摸了我的头发，祖母的原话如今已记不清，但她用了相当漫长的时间来安慰我，她还说，希望我能照顾她生前病房里的那盆花，等花开的时候，就告诉我一个秘密。

那盆花前天已拿回家，在此也记录一笔。

顺便想起很喜欢阿刀田高的一段话，"当死亡即将来临的时候，河对岸会有人呼唤我，如果我渡河，那一切就结束了。我想我会毫不犹豫地渡河的，因为好不容易有人呼唤我，我当然要去了，因为回来也不会有什么好事发生的。"这就是我此刻的心情，于是抄在日记里。

10 月 21 日

初中以前，我和祖母的生活是紧密相连的。

父母终止呼吸后，祖母把我带回了乡下老家，等我生长到适合上学的年纪，就在村里的学堂里念书，天黑天亮，日子就在她的黑白布鞋间流离失所。如今再考察自己对童年的印象，总有股沁人心脾的青草香气。乡村的黑夜总是来得特别早，那时候我刚失去父母，时常在夜晚大哭，祖母不厌其烦地哄我，把故事书里的文字转化成了最动人的语言，我逐渐被睡眠所簇拥，任凭月光宁静地流淌在床缘上。对童年的记忆还包括我养过的那些动物，那时我在学堂里总不愿和人讲话，散学后也从不去野外捉蚱蜢，祖母怕我无聊，就教我养了很多动物。回想起来，当时孤独得像膨胀的魔芋，可是却又如此惬意。后来到了初中，祖母听人说县城里的寄宿制学校教育更良好，便把我送去了那里。

清算起来，在我最无助的时候，灌输给我生命力的人总是祖母。在失去她的几天后，我对于这种失去的意识愈加强烈起来，所幸还能通过做梦来接触祖母。距第一次使用机器见祖母，大约有了一个礼拜，我好像越来越依赖这台机器起来。

昨天晚上,我又借着机器的设定见到了祖母,所聊的便是小时候在乡下的那些事。祖母还照旧叫我悉心照料她的花,她为我设定了一个希望——等花开。不过我一直很好奇祖母口中的秘密究竟是什么,和祖母相处那么久,她应该不会有任何事瞒着我。而不管怎样,日子不知不觉就过去了,时间也逐渐让那些激烈的悲观情绪变得冷淡。

10 月 24 日

最近现实里的生活乏善可陈,在祖母的劝说下,我本准备去重新找份工作,结果因为没有合适的岗位而兴致全无,于是就把做梦当成了生活的主线脉搏。最近的生活状态也很松散,可能因为睡得太多,所以每天疲惫得像怀孕的母马,梦与现实的边缘也越来越模糊。

祖母的花,我把它当成生活的根源般地照顾着,花苞已经隆成了典雅动人的形状,想必离秘密揭晓的日子也不远了。

10 月 29 日

在刚流逝的二十四个小时里,我整整做了三场梦。我的单场睡眠时间越来越短,对控制梦的机器的使用频率却与日俱增。现实世界烦恼四伏,但是做梦却异常简单,在相同的场景下,祖母始终在等着我。虽然如今感觉体质每况愈下,可是每次梦醒时,那种残存的温暖让人很上瘾。

最近找到了一份做文秘的工作,尽管工资水平还不及整个社会的中等层次,但我居然真的有从过去的阴霾生活里走出来的趋势,因为梦里的祖母告诉我,失去的一定不是最好的。没有多余的修饰词藻,却让我异常感动。是啊,我经历了那么多繁复的"失去"，可是如果不自暴自弃，尽力地把生活往下蔓延，也许就会遇见意外的惊喜呢？祖母让我照料她的花，也许是出于相同的道理吧。

今天收到朋友的电话，目的是向我催要借给我的那台机器，说是使用太多绝对有害无益，但照现在这种情形，我又如何舍得把这台神奇的机器从生活里剔除呢？这是我跟祖母唯一的纽带呀，每次想到日后总要物归原主，就感觉烦躁感在身体里不断蠕动。

11 月 2 日

晚上七点才钻出被窝，因为机器的缘故，我的生物钟已全然混乱。手机就放置在枕边，信号灯像幽怨的鬼火闪烁不止。翻开手机，四个未接来电跃入眼中，没想到我的睡眠如此之沉，这些来电一个都没接到。然而详细翻阅了来电记录，我发现这四个电话都是来自公司，而且都是 11 月 2 日的未接来电记录，这让我大为惊讶。上次入睡是 10 月 31 日，星期六，距今天已有两天，一场梦居然做了那么久！

我急忙给经理打电话，信口开河地找了一个理由，他总算对我今天的缺席表示了谅解。

现在是 11 月 2 日深夜二十三点四十分，我从八点之后就坐在这张书桌前，没消磨过任何食物，也毫无饥饿感。我认真考虑了未来的生活，倘若继续无节制地使用机器，恐怕会长眠不醒吧。人真是很奇怪的生物，不久前我还怀着何其迫切的心情在寻求死亡，现在却为死亡的到来颤栗不止。也许是因为这并不是我想要的死亡方式吧，又或者是因为祖母的鼓励真的带我走出了阴影，但究竟是何种答案，我自己也不知道。

我把目光转向阳台，祖母的花还安放在窗口。两天没照料它，本以为它会呈现出一副萎靡的面容,可是出人意料,它居然如焰火般淋漓尽致地绽放了。我瞬间决定了未来的生活计划:用机器去见祖母最后一次,然后带着祖母的那个秘密,心安理得地在现实世界里生活下去。

……

今天是 11 月 3 日,我揉着夹杂了红血丝的眼睛醒过来,蓦然发现另一个自己躺在床上。她的半截身体由被子包裹着,露在外侧的皮肤则已烧得焦灼,尽管面目全非,但我仍能清晰地辨认出,这就是我自己。我想,刚才与祖母的见面,一定是我人世里的最后一场梦。而我已经死去,死亡的原因应该是使用机器过度、最终被强烈的生物电流电死了。

我的身体悬浮在空中,所触碰的物体纷纷穿过了我的身体,仿佛我变成了一层疏散的风。我有好多情绪想寻找寄托,却再也不能与日记本交谈。在最后的那场梦里,作为照顾花的代价,祖母终于抖露了她的秘密。她告诉我,我小时候养过很多小动物,如今早已全都老死,但它们并没有从此在世界上销声匿迹,祖母把它们的后代全收养在乡下的一个农场里,想等我真正长大成熟的那一日带我去看。祖母说,在那个农场里,蓝天与牧草接轨,草籽香与大地自然地粘合。小时候养过的小动物虽然早已死去,可是它们的后代还在那里,她想让我感受一下,生命是何其顽强,生生不息又是何其伟大。

我很遗憾,如果我仍然能活下去,回到能感受到脉搏和心跳的现实世界,我一定已有了足够的勇气去对待生活,可是阴错阳差,这个愿望失去了实现的可能。然而此时此刻,面对自己焦灼的尸体,我所能做的,唯有感叹而已。

第二个故事:沉潜的大陆

实际上,我一直不太喜欢讲起我的丈夫。其程度与我不喜欢黄梅天很接近,倒也不是讨厌得非要誓不两立,但想起丈夫的时候,脑袋里仿佛有个顽皮的小人在吹气球,轻微的胀痛一波波袭来。这种疼痛并未超过我的忍耐极限,可是它不依不饶,像一把挥之不去的梦魇。所以每当有人礼节性地询问"您丈夫可好"时,我会立即搜肠刮肚,投其所好地转移话题,这个过程有些费脑筋,但我着实不想提起我的丈夫。

当初究竟是怀着何种心态嫁给丈夫的,时隔多年,即便拿锥子敲破脑壳,我也找不回已失去的心情。我对丈夫的印象能用四个字概括:一潭死水,唯有与他共同生活过,才能深切体会到这一点。他就像一颗盲目的卫星般围绕着世界上一切生活守则旋转,既没有个人追求,也无须多余的操心,只消模仿他人以便不动脑筋地活下去。

婚后的第四个月,丈夫以公司长期出差为借口,卷起行李独自去了距我一千两百五十公里的春山镇,此后音讯全无,像夏季尾端的台风般消失得无影无踪。丈夫离家后,我的时间观念变得很清淡,所以我也讲不清距离他的离去已有多少年。昨天我擦镜子的时候,忽然发现自己的眉目里已蔓延开衰老的气息。把万年历翻了许久,终于算出我已经三十出头,我想起那个远在春山镇的丈夫,不知道他这些年来过得如何,是否也像我这样顺理成章地活着,该欢庆的场合一次也没落下?

做完一场惊人的噩梦,肩膀酸得像要断裂。

噩梦的概述是一场车祸,梦境的时间难以捉摸,只知道日光灿烂得像西兰花地,而司机被漫长的旅途研磨得很疲惫。噩运的起点在于打滑的方向盘,汽车立刻遵从了司机的双手,麻利地撞向斜前方一辆看似超载的货车。刹那间,我的耳膜被轰鸣声紧密地包裹。邻座的乘客似乎是个老律师,碎玻璃扎进他的白衬衫,半边身体都被鲜血覆盖。我吓得魂飞魄散,等我意识过来,火焰已从隐形的缝隙里钻出,汽车里还未昏迷的人声嘶力竭的喊叫也渐渐清晰起来……我呼吸着灼热的火,却觉得此情此景如此苍凉。

我是在长途汽车生涩的靠垫上醒来的,如你所料,我最终搭乘了前往春山镇的汽车,并非为了向丈夫索取一种能抚慰我的说法,而是要求将我们这段婚姻关系做了断。我诚然有些后知后觉,而一旦知觉了,这个想法便如信念似的被牢固地镌刻在大脑里。

虽然已摆脱了梦境,但酸痛的身体却像被烙上了梦的痕迹似的。我惊魂未定地蜷缩在车厢里,回味着梦里死亡扑面而来的感觉,逼真得令我醒后还战栗不止——那种疼痛与恐惧,绝不是用"梦"这个词就能囫囵吞枣地概括过去的。我的整个大脑被这个梦撑得几乎破碎,越回想那场车祸,越觉得这并不只是一场梦,更像是切身发生过的事。我不断用视线抚摸身边的景物,阳光触碰到脸颊,让人有些昏昏沉沉,旁边座位的老律师依旧悄无声息地瞌睡着,靠垫流溢着温润的青草香,现实世界一片安宁。现实与梦境参差不齐,这种反差让我愈加迷惑,我感到恐惧仍驻扎在我的心里,甚至如葡萄藤般见缝插针地生长起来。

不知流逝了多少时间后，我觉得自己仿佛彻底被梦境所吞噬，惶恐至极时，我终于借着恐惧带来的勇气走向了司机。这辆长途汽车始于冬山站，前往春山站，路线覆盖了将近一千三百公里的路程，司机们常年流露着一副浮躁的面容。山路有些颠簸，我抓着漆成明黄色的扶手，对司机说，师傅我要下车……说这句话的口气是带着结巴的。司机瞪了我一眼，冷淡地说，高速公路不能停车。

我们就这样僵持在车厢的最前方，司机一言不发，我也不敢再有更多言语，而乘客们则自顾自地聊天、瞌睡、嗑瓜子、把垃圾塞在座椅下。也许我本应该大声复述一遍"我要下车"，可是没有人会把我的梦境当真，我无法忍受大家以扫视神经病的目光对待我。

我瞥了一眼手表，十二点三十九分。先前讲过，丈夫离家出走后，我对时间的意识变得异常模糊。我想，大概是因为唯有如此，才能洒脱地越过此后漫长的时间段吧。不知道在司机座位边站了多久，只记得最后还是回到了自己的位子。邻座的老律师已醒来，他向我投掷了一份笑容，"怎么忽然要下车？"

想必距他睡醒已有些时间，刚才我的举动都在他的关注之下。我重新坐回和口袋里的车票所匹配的座位上，把裙子的褶皱处抚平。开口向他讲述缘由之前，我做了一次淋漓尽致的深呼吸，"你相信预知梦吗？"

他抿起双唇，随即恍然大悟似的笑了，"听说过这种梦，不过一把年纪了，自己倒还没经历过呢。"

"如果能选择，宁愿不要经历。"

"难道刚才见到很可怕的东西了吗？"他的脸上散布着苍老，表情和蔼而宠辱不惊，较之我印象中的其他律师，他身上毫无咄咄逼人的气场，取而代之的是给人宽容的感觉。而就在不久前的梦里，这副神父般的面容被火灾熏染得无比狰狞，满身鲜血让人不禁胃酸倒流，想到这一点，我就毛骨悚然。没等我接话，他便温和地拍了拍我的肩膀，"会没事的，不过是梦罢了。"

"是车祸，事后还起了火灾，我梦见这辆车里所有的人都死了……我知道此刻还沉沦在梦的阴影里很愚蠢，可是它那么真实，分明就是近在咫尺的事呀。"话说出口，居然有些哽咽。

"我明白，"他点了点头，"好多年前，我也总是很容易恐惧，噩梦也好，失败也好，有时候连掉纽扣这种事都会看作不祥之兆，为此心有余悸。等你到了我这个年纪你就会发现，一切恐惧的缘由，都只是你对生活没抱有足够的信心而已。而且你会明白，死亡和灾难一点也不恐怖，相比之下，活下去是件更艰难的事。恰恰也是因为其艰难，所以才很动人。现在你看，你毕竟醒过来了，所经历的一切灾难说到底都只是一场梦。仔细想一下，实际上，你如此害怕，只是因为你梦境的背景和现实的背景重叠了而已，并非什么大不了的事。"

他缓慢地讲出这些话，温和得像一株蔽日的百年老树，却也斩钉截铁。诚然，我总是对自己的性格缺陷耿耿于怀——软弱、爱逃避、不愿接受改变，可是若不是他讲明这一点，我根本无法意识到，归根结底是自己对生活没有信心。也是出于同样的原因，我不愿意面对丈夫离去这个事实，拖延至今才着手解决这个问题。如此一来，我的注意力已从虚幻世界转换到了现实世界，噩梦的影响力便削弱了许多。

我把脸转向他，他始终抿嘴微笑，我不禁又想起梦里他死去时的样子。"但是……我很好奇，如果我们真的会在这辆长途汽车里死去,那么你这一生有什么遗憾的事吗?"

"没能参加女儿的婚礼吧。"他说,"我是去秋山镇的,估计天黑以后就能到达。以前为了工作挣钱,对女儿的关心始终不够。她明天就要出嫁了,我希望能跟她好好谈谈。"

"一直分居在不同的城市?"

"嗯,女儿和她妈妈在一起。"他顿了顿,"总而言之,我并不是个好父亲。"

我告诉他,我是去终点站春山镇的,我想去那里找丈夫,可是我并不知道丈夫是否还在那里。太阳还是处在当空的位置,在这个闷热如炼炉的下午,我对着并不相熟的老律师,讲起了我和丈夫的故事。这个故事很短,但我大概用了近十年才意识到它的结尾。

"不得不承认,若不是因为丈夫以心结的形式存在于我的身体里,噩梦就不会如此可怕,咖啡不至于那么难喝,下雨天也不至于如此讨厌。

"我们在丈夫大学毕业的那一年相识,在他工作四个月后分开,从此他定居春山镇,好些年来音讯全无。刚认识时,他很吝惜表达,仿佛多讲一个字就会咬到舌头,不过这种沉默寡言倒也有种独特的可爱。我们的婚姻关系成立得很仓促,办理结婚证书的那一天,我对丈夫的了解还停留在:父母健在他乡、工作不错、有一套能成为结婚资本的房子、不善交际、大学时代交过一个女朋友。除此以外,我对他一无所知。

"我并不是指责丈夫刻意隐瞒许多事,实际上,是我自己心甘情愿与他结婚的,甚至迫不及待地想融入他的生活,我不知道为什么会有这种想法,反正到最后我也没做到这一点。丈夫婚后变成一潭死水的样子,其实也在我的意料之中,连丈夫从来没爱过我这一点,我也知晓得一清二楚,只是我原本相信两个人常年在一起生活,相依为命,总有一天他会为我改变的。可是,后来我才明白,我所谓的丈夫只是一个虚幻的人物,他活在一个自己设定的虚拟世界里。那是一个被遗弃的世界,他大学时代的女朋友出走之后,他便一个人死守在那里,年年岁岁。

"说起来很难以置信,人居然可以如此孤独而顽强地去等待一份已失去的感情,却对始终留在身边的毫不在意。这些年里,我似乎明白,若要一个人永远爱你,唯一的方法便是在他最爱你的时候拂袖而去。他会把自尊心的受伤、求之不得的遗憾、徒劳无功的付出都归结在对你的爱上。

"我理解我的丈夫,所以我佯装不介意他弃我而去,并默默等待有朝一日他的回归。我曾想,我可以等他两年,两年若不回来就等五年,五年若还没结果就等十年,十年还是毫无结果就等二十年……反正他总有明白的一日,可是不久前我恍然大悟,过去我和他一共才相处了半年多,现在时隔这么多年,他一定连我的存在都已经忘记了,我又何必自欺欺人? 我固然能体谅他,可是谁又来体谅我呢?"

长途汽车里的冷空调吱吱作响,尽管如此,一车乘客仍燥热得不可开交。老律师安静地坐在我旁边,汗水沿着发际流淌而下。听完我累积多年的抱怨,他说:"是的,你们都早该放下了。"

见我不知如何应答,他继续说道:"你说你不知道为什么要和他结婚,可是我知道。比如你小时候很喜欢吃冰激凌,可是没有人买给你吃,等你长大有经济能力了,你一定会买给你的孩子吃,以此来得到一种心理弥补。同样道理,你们都得不到所渴望的被爱,于是你那样努力地爱他,你怜悯他的同时何尝又不是同情自己呢?"

我一直避免思考关于我和丈夫的问题,听到老律师的话,起初有些不知所措,渐渐却觉得悲凉起来。我情不自禁地用手擦拭眼睛,泪水和汗水混杂出一种发酸的气味,我不知道此时还有什么话能说,只能任凭泪腺孤独地运转。

善解人意的老律师递给我一包纸巾,接过纸巾时,我猛然看见纸巾从内到外被鲜血浸透。我凑近老律师,发现他穿在西装里的白衬衫已完全被染红——梦里的场景瞬间复苏,火灾、嘶喊、碎玻璃,以及扣人心弦的血腥气。我再次看手表,依旧是 12:39。

故事到此才明朗起来,我一直以为之前看到的情景是预知梦,以为那是即将发生的事;但事实上那是确切发生过的,已经过去的事。

我乘上前往春山镇的长途汽车,想在遥远的地方经历与丈夫重逢的景象,不幸的是在中午 12:39 时发生了车祸,全车人都进了死神的圈套。然而我留在了自己的信念里,我把整个世界都留在了自己的信念里,因为我不甘心,无论如何我都想见到我的丈夫。12:39,我永远活在这一刻,活在这种憧憬里,活在去见丈夫的那条高速公路上,仿佛再过十个小时就真的能触摸到丈夫生机盎然的肌肤。

那位老律师所说的话,也是源于我自己的脑子,他运用的也是我潜意识里的思维吧,有矛盾的想法,也有我向来逃避的一针见血的说法。我甚至把他塑造成了几十年后丈夫的幻影,并不指望他何其爱我,只要日后他能领悟,能说一句"总而言之,我并不是个好父亲",仅仅如此我就心满意足了。

我把视线投向窗外，今天的气候简直像有人在地底下煮开水，热得撕心裂肺，而我将永远凝固在这样炽热的气候里，我和丈夫的间距也永远有着十个小时的路程，可是我还是会等他，哪怕要很久很久。

第三个故事：拼图

对于我这样懒散如树袋熊的人，连续一周每天都彻底清扫一次房间，简直是天方夜谭。我买了新的拖把与塑胶手套，厨房、卧室、书房、卫生间，我像拧发条的除草机一样逐一清理过去。可是不管我怎样寻找，拼图的最后一块始终不知所终。

在母校八十周年校庆时，我用两千元人民币兑换了一副以母校平面图为内容的拼图。拼图数量惊人，总计有一万块，为了完成它我险些被诱发密集恐惧症。我简直不眠不休地劳作了两个多月，终于为每片拼图找到了恰如其分的位置，可就在即将大功告成的时候，我发现拼图右下角少了一块，无论如何也不见踪影。这种懊恼的心情，要是没亲手拼过一份一万片的拼图，是很难理解的。

我躺在沙发上，离我不足两米的地方便是拼图的全貌，为了让自己不至于心烦意乱，我把注意力集中在吃薯片上，尽量不去打量拼图。不久困意便簇拥起我来，我合上眼睛，做了一场消瘦而漫长的梦，重新回到那个早已消失殆尽的大学时代，那个并不圆满、唯有在梦里才能重温的故事……

在这场梦里，我又回到了大一军训的某个夜晚，我站在学校最招摇的拱桥上，那还是个不夏不秋的时节，桥下河水蒸腾出一种死尸的味道。那个叫双儿的人从一百米外缓慢地走过来，手机被右手紧紧攥着，耷拉在白色 T 恤边像一块不慎溅上去的污泥。他以匀速向我走近，我潜意识地合拢脚尖，在熏风里站得不知所措。

双儿的性别是男，与我截然相反。讲出"双儿"这个名字，这个故事就算有了主线。这根主线时断时续，有时甚至让我以为它从未存在过，那种感觉圆滑而美丽。可是若让整个故事围绕"双儿"这个虚化的名字运转，多少显得我有些神经质，但我并不介意，因为这是我身体里最真实的感情。

我拥有"双儿的女朋友"这个称号，是跨入大学的第三个月。我不确定我是他第几个女朋友，若这一点上他没骗我，应该有六或七个女孩子排在我前面。换而言之，若用字母来表示，我应当是 G 或者 H。

双儿是我的初恋。他拐走过我数量庞大的眼泪，让我甘心投入一切任其摆布，直到他把我氢气球般的生命踩成一块破塑胶。只是即便如此，我仍然不清楚自己的情感纹理，不承认双儿就是我最在意、最爱的人。

有相当漫长的一段时间，我以为我最爱的人叫"斜"。和双儿在一起一年多后，我几乎已经忘了"斜"这个字究竟象征了谁，忘了这个人的身材五官到底成什么比例，忘了他对我的生活做过什么手脚，我只知道我爱他，爱得不可自拔，并相信只有从他口袋里才能翻出幸福。每当涉及双儿的记忆折磨我时，我就竭尽全力去想"斜"。我把这个字设置在我的每个密码里，暗示自己我最爱的人是"斜"。

我相信在这个故事里,"斜"的戏分不会有很多,而只有双儿才有权入驻我的生活,哪怕他身上长满野玫瑰刺。我诚然爱双儿(我不知道是不是该在"爱"字之前加个"也"),可是无论我如何添油加醋地表达我对双儿的爱都无济于事,因为双儿最爱的并不是我。得到这样的结论让我很痛苦,我仔细地研究了很久,却怎么也摆脱不了这个答案。

　　那大约是某个周二夜晚,我从大学城联盟的例会中脱身。双儿打电话给我,隔着手机我感觉到了刺鼻的酒气。双儿说,他曾经很爱一个女孩,可是因为他们的性格都过于尖锐,恋爱一个月,最后只能靠分手来平息彼此间的争吵。事后他怎么也放不下这个女孩子,她带他穿越了最低落的情绪,她的尖锐也很合他的胃口,林林总总,失去她让他觉得生无所恋、心如死灰。于是他找到她,和她约定,两年后等他们都长大一些的时候,再继续从前的恋爱。

　　双儿打这个电话给我时,他们约定的日子已经快到了。两年后的双儿身边有我,只能在心里为她留一席之地。双儿说:"我也困惑过到底怎么选择,你不要生气,也许我在乎的并不是她,只是那些失去的纯真年代,何况我也放不下你,你是个很好的女孩子。"他说得很含蓄,我问他,我哪里好呢? 他像被按了开关似的低声笑了起来。

　　当时我固然被嫉妒诱发伤感,但也没有执著更多。我以为此后双儿的生活会完全由我来打理,以为我们相处久了我的烙印会更深,以为时间会为我作证。可是后来我逐渐明白,其实为一个人消磨过的激情,是不可能再用在另一个人身上的。

　　但是那又怎样呢,我最爱的人是"斜",我要申明这个人并不是我为了赌气而虚构的,他曾经真实地蔓延在我生命里,比双儿早几年，我张开五指还可以触摸到他的脊梁骨。我们从未说过爱，而某个晴空万里的夏日清晨，他突然从我身边销声匿迹了。唯独我的爱还在膨胀，在空无一人的世界里。

为了让这个故事里的人物结构更完整，我不得不再披露一点隐私。我有一个朋友，他的姓氏让人乍一看感觉匪夷所思。他姓"板"，方便起见，我叫他"老板"。老板长得很清秀，除了性格略显神经质，此外没有任何缺点。

老板比我大三岁，他把所有的资金都花在去利比亚沙漠旅行看仙人球上。这是个相当幽默的爱好，我问他怎么好上这一口的，他一直抿嘴笑，憋了好些日子才告诉我，"因为你在某个新年送过一盆仙人球给我，我以为你喜欢这种东西。"

老板的头脑异乎寻常地灵敏，有一次他打长途电话给我，号称他观看仙人球之余还发现了"鬼"的本质，鬼其实是一种物理能源，和风能电能差不多。他要写一篇论文，如果成功发表确立这个学说，说不定他还能西装革履地走上诺贝尔奖的领奖台。

当时我和双儿在一起吃饭，一激动就让手机滑进了咖喱盆。双儿一边用筷子夹排条一边不屑地看了我的手机一眼，嚅动了嘴唇，但最终什么也没问。

如果我的记忆没有说谎，草率地结束了咖喱餐之后，我和双儿去了网吧。我们各自目不转睛地对着显示屏。双儿在打一个叫 dota 的游戏，我则打开 pps，搜寻陌生得让人冒冷汗的电影。然而我时常一句台词也听不进，只能在旁边偷看他，等他一局结束后向我投一束目光。我就这样，悄无声息地等了很久很久。

后来有一天，双儿说他要去做 dota 职业玩家，打 dota 职业的人几乎是没有前途的，但是他不在乎。我说，我也不在乎，大不了一起过捉襟见肘的生活。后来又有一天，双儿说，我们还是分手吧，你让我不自由。

故事讲到这里，讲故事的人已经陷入艰难的境地。讲到双儿向我提分手的这一段，世界忽然扭变成一个纯静态的体系：海洋终止咆哮，沙尘暴凝固在半空中像一座透明的城堡，遍地生命以静止的姿态传达出一片唏嘘，时间先生解下皮靴的拉链，躺在十二月疯狂的草坪上一动不动。我站在陆地的核心，企图在静止的世界中找出那个让我心动的理由。

本来在这个公之于众的故事里，双儿是个穿战袍的远古军士，他在一座叫网吧的山冈上杀退万千 dota 国的敌军。有时候他会对着月亮吹起口哨，那说明他想起了远在故乡的那个女人。女人每况愈下地接近衰老，可是她在双儿心里留下了永远的青春。双儿时而打仗，时而想她，生活就这样顺理成章地继续下去。只是有一天我忽然意识到，原来这个故事里并没有我，他已经有了一个能满足他一生憧憬的女人，我若再以女性身份闯进去，故事就太挤了。于是我只能化作漫山牛羊，在草地上来回打滚，每当军士大人想念她的女人却又不得相见时，我便可以享受他轻柔的抚摸和踩踏。

可是有时我又希望，在我的故事里双儿是个两头鸟，他的脖子按东西方向分开，一张脸对着我，另一张脸对着他那段粘稠如饴糖的过去。我本来以为这个情节设计算是天衣无缝了，但后来我明白了，脸可以划分，可是双儿的心却只有一颗，无法兼容。而我不知道他心里究竟叨念着什么，我也不想知道。

回归到大二上的冬天，双儿向我提出分手，理由是"性格不合"。双儿说："我还爱你，但是我们性格不合，所以不能在一起。"

那天晚上我约了几个朋友通宵，按常理往口腔里灌了很多酒精。我讲了很多话，在场的所有人都开始擦拭眼眶里的水，可是他们就是不肯相信，双儿说的，他还爱我。

半醉半醒的时候，我打了个电话给老板，他似乎还在利比亚沙漠。老板似乎有些不知所措地按下通话键，他说："你们这边都四点半了，你怎么还不睡？"

不知道为什么，老板的语调让我想淋漓尽致地哭一场，我告诉他我失恋了。我说，自己见到了美却希望他比我先看到，他获得的所有成就我都希望其中有自己的付出，我想，很多人一辈子都不会被这么爱过的。

电话另一边沉默片刻，老板忽然笑了，他说，你一定还没见过沙漠吧。沙漠是那样喜怒无常的东西，夜幕垂在头顶的时候，就点一团篝火，然后例行公事般地仰望天空。天空出奇地辽阔，感觉自己像站在地球的尸体上，银河的所有支流尽收眼底，美得让人心力交瘁，却又那么荒凉。你知道吗，沙漠里还有贪婪的狼群，一切都很艰难。

老板的话，我能听懂的并没有多少。经过一番莫名其妙的对白之后，我挂断了电话，开始费解自己为什么要在这样的时刻打电话给老板。我把脸贴在通宵包厢里的皮沙发上，感到一种从未有过的委屈。世界那么大，可是我们却只看得见自己，所以 H 觉得自己很帅，Z 觉得自己智力超群，双儿觉得自己 dota 水平首屈一指，而我觉得离开双儿便没办法延续生活。那一刻，我反倒期望双儿经历过更多感情，接触过更多女孩子，唯独那样，他才会知道，我究竟好在哪里。

　　和双儿分开的第四天，我收到老板寄来的加急快件。包装盒里有一包灰色的粉末，并附带一张类似说明书的字条。老板说，仙人球过于庞大不准邮寄，只好寄几根刺给我。但又怕我笨手笨脚被刺弄伤，所以他把它们磨成粉末，还特意在其中添加了滑石粉，绝对安全。

　　我把粉末和字条一并摆在书架的最高层，不知道为什么，有些悲凉。

　　我的故事还没抵达尾声，后来我又去找了双儿。原因在于一位朋友告诉我双儿过去的事，我才发现原来这一年多以来，我把生命里浓度最高的感情交付给了一个谎言家。若再说得通俗一点，我可以用"骗子"替换"谎言家"这个名词。实际上，骗子无处不在，原本也并非十恶不赦的东西。假如骗子存在于挥洒自如的海盗船上，它的粉丝也会多得能炒一碗河粉。然而我活在一个更现实的世界里，我一定要找他说清楚。

　　谈话的结果可想而知，我们仍在一起。因为我发现，不管他的劣根性多么明显，不管他往我的生活里添加多少糟粕，我还是坚信他的心里有一座空中花园，我跳进恒河也洗不净对他的爱。然而每当他把各种伤害塞进我身体时，我便告诉自己，我最爱的是"斜"，这个"斜"总有一天会骑着印度大象来拯救我，我要跟他去一个没有双儿的地方，过一种可歌可泣的幸福生活。

　　故事到这里快寿终正寝了，我一如既往地陪着双儿。后来我得知，在我们分手的四天里，双儿答应了一个女孩子和她交往，直到圣诞夜我看到他们之间的短信，双儿才跟她说清楚。

然而我已无意深究这段感情，只想深信自己对他的爱。双儿就是这样的人，无知而倔强，顽固地超于道德底线之外，他的世界里只有自己。可是当你发现他的脆弱时，你会想让他在你怀里长大，想告诉他世界是何其靓丽，你会情不自禁爱上他。而且你非要等很多年后才会明白，自己当年倾尽一切付出的爱，也许是徒劳无功的。

后来的后来，我似乎还和双儿在一起。有一天我告诉他，你以为自己长得好看，又很聪明，也许你一辈子都有人爱，可是你不知道，究竟是谁爱了你一辈子。但不知道什么原因，说这句话的时候，我想起了另外一个人。

醒来时我仍旧窝在沙发里，拼图缺失的一块也仍未找到，夜色却已馥郁。

我讨厌做梦，讨厌为似真似幻的事情流泪，而那些被覆盖的记忆何尝又不是一场梦呢，包括那段再也无法重温的、虚幻如梦境的青春。如今，我孑然一身地坐在寂静的房间里，发现好多年来，我逐一丧失了激情、梦想、尊严，只剩我心里那个叫双儿的人对我不离不弃，哪怕他对我有过最浓重的感情并不是爱，而只是停留在内疚。

至此我忽然明白，拼图的最后一块是找不到了，拼图上的图案一定是那一年的我与双儿，然而我们都在时间里随波逐流，最终如一百度沸水般蒸发而去，烟消云散。

偷窃手

说起来，故乡这种东西人皆有之，只是我向来不热衷与人谈论我的故乡。

　　我的故乡是 N 城，我曾慷慨解囊，把一生中最生机勃勃的十八年消磨在那里。然而即便如此，我问遍全身器官都回应不出对 N 城应有的感情。

　　我在其他城市将大学念到尽头，好些年都过得浑浑噩噩，既无牵挂也无伤痛。毕业典礼的那天，我提前到达精心修饰过的礼堂，在倒数第二排找了个闹中取静的座位之后，开始四下张望。头顶成群结队的彩旗映花了我的脸颊，思绪如颠簸的货车被踩下急刹车迅猛地转了弯。关于故乡 N 城的一段记忆突然清晰起来，内疚也好，恐惧也罢，已经过了那么多年，我从未料到它竟会因为时间的放任而卷土重来。

　　如先前所述，我和 N 城相处了整整十八年，自然对其中各类诡异的生活法则了如指掌。N 城有个相传多年的习俗：N 城居民每天都会在窗外显眼的地方，挂上一面小旗子。挂绿色的小旗子说明该户人家这天过得很愉悦，而红色则是截然相反的意思。

　　小时候，每逢父母吵架，红色小旗子总会在窗上冉冉升起。因为这个习俗的缘故，N 城居民多少有些红色恐惧症。若一个街区碰巧全部挂上红色小旗，何其毛骨悚然，这种感觉是外城人无法理解的。

我年少时家境并不宽裕，住在闹市口的贫民区。虽说贫穷，但也没到捉襟见肘的地步，何况当时人们对生活质量还不曾有多大追求，日子过得也算圆满。

那时紧贴我家街区有一条小路，具体的路名我早已淡忘，只记得这条路异常狭长，行走其中的人总会莫名其妙地滋生出一种压抑感。路的尽头有一间独立的小房子（与其说是房子，不如说是一堆破砖瓦），里面住着一个苍老如波斯菊花的女人。整条街上没人叫得出她的本名，因她时常朝路人讪笑，人们称她为"笑婆婆"。

"别去理那不吉利的女人。"小时候每当和母亲路过笑婆婆家门时，母亲总是斩钉截铁地这么说。那时几乎所有人都拥有和母亲一样的观念，因为笑婆婆的破篱笆上永远挂着小红旗，几十年来毫无例外。对邻居们而言，她身上有种高深莫测的消极情绪，这令人们感到恐惧而厌恶。也曾有好心人劝笑婆婆把小旗子换种颜色，笑婆婆竟露出受到伤害的表情，不快地把那人赶出家门，此后再无人愿与笑婆婆讲话。据说笑婆婆早年是靠替人缝补旧衣服谋生的，后来由于实在不受欢迎，没有顾客上门，她只能扔下针线走上拾荒之路。

那时我大约在念小学二年级，有着泛滥成灾的同情心。直到今天我还一直为此抱怨，若我当时并不拥有这多此一举的同情，故事也不至于翻出一个如此荒诞的结局。只是时光无法重溯，我对少年时代，对 N 城的这种隔阂业已根深蒂固，不可修补。

我并不像母亲他们一样厌弃笑婆婆，反倒一直想为她做些什么事，让她赢得人们的信任。有一天放学经过文具店，我忽然灵机一动，若我偷偷拿走笑婆婆的小红旗，取而代之为她插一面绿色小旗,时间久了人们也会把她当作开朗的人吧。况且陌生人为笑婆婆插上绿色小旗,她应该也会为这种祝福感动,从而真正积极起来的吧。我承认当时年幼无知,以为这也算个不错的办法,并最终把它付诸行动。

在N城里,小旗子作为生活必需品,销售价格十分便宜,我总算也负担得起。然而,我的帮助方式似乎并不如何奏效,第二天,我经过笑婆婆家门时,依旧是一面红色小旗插在篱笆上。我虽有些纳闷,但并不打算就此放弃,我走进文具店,继续重复前一天的行为——用零钱换一面绿色小旗,然后换掉笑婆婆的小红旗。接连好几天,我都在和笑婆婆生命里那道触目惊心的红色作斗争。出人意料,笑婆婆非但没被我的"仗义行为"所感动,反而采取了更极端的手法来捍卫她的红色小旗。五天后,篱笆的网眼里扎上了许多碎玻璃,锋利得让人望而却步,想必是为了对付我这个偷小红旗的贼。

我那时年纪确实也小,凭着一股倔强的善意,一心只想坚持到笑婆婆被陌生人的关爱感化为止。就在我第六次充当偷旗手角色时,笑婆婆出现在我面前,表情里有种正欲绽放的歇斯底里。多年后再回忆起这副表情,忽然明白,原来其中更浓郁的成分是委屈与辛酸。

记忆播放到这里,我不禁开始战栗,如果故事到这里寿终正寝就好了。然而越是想绕开梦魇,它越是急速地扑面而来,我的眼睛瞬间被一个老女人的影像堵塞了。笑婆婆迅猛地冲向我所在的位置,手中的木头朝我挥来。我还没来得及躲开,只见笑婆婆已撞向篱笆,她亲手安置的碎玻璃恰好插入她的双眼,血液如狂奔的野鹿般肆意流淌……

在我迅速逃回家的两天后，笑婆婆的死讯追进了我的家门。邻居们虽然各有不满，但还是勉强凑足了她的丧葬费。那是一个晴朗如六月麦穗的星期一，葬礼由笑婆婆老家赶来的一个亲戚主持。按风俗，亲戚粗糙地概述了笑婆婆的生平。其中有一条说得轻描淡写，却令在场的所有人瞠目结舌：原来笑婆婆是色盲，红绿色盲。

葬礼现场哗然起来，原来笑婆婆是红绿色盲，所以她把小红旗当作小绿旗挂了一辈子，也因此被误会了一辈子。好多年来，人们不断用歧视的目光袭击她，她还是挂着自己意义上的小绿旗，乐观而顽强地活在自己的世界里。意识到这一点后，所有人肃然起敬。

我感到一种液体从眼睛里溢出来，假如我不曾调换笑婆婆的小旗子，她如今应该还活着、活在她自己的秘密里吧，见到人依旧会讪笑，向天空张望时还会流露一脸爬山虎式的皱纹。假如我不曾干涉她的生活，就不会这样弄巧成拙，所有人都在一种隐秘的美好里，相安无事。如今，结果却是我间接杀了一个人。虽然没人知道，没人有闲情去做一场杀人调查，但我的心里会永远留有一片阴霾。可是，我的一切举动都是出于善意的，我怎么也想不明白，为什么反倒让事情变成一团糟粕。

那也许是一个二年级男孩独有的委屈，不愿理解世界的诡秘，不甘心相信世界其实比想象力的极限更复杂。事到如今，我仍然放不下那种委屈，每次涉及与 N 城相关的记忆，我都会泛起一阵剧烈的战栗。我只能把一切塞进旧时光的箱子，贴上封条，只留痛苦从箱子缝里一丝一丝地溢出。

时间顺理成章地前行，记忆理应逐渐黯淡，然而我无论如何也无法彻底忘怀，在我二年级的时候，我曾是个偷旗手、杀人犯。

长

生

姥姥吃蚂蟥是有步骤的：先用淡盐水漱口两次，再从黄豆酱里撩出一只抽搐的生蚂蟥。姥姥张开嘴，泛紫的味蕾像要爆裂似的，只见她舌尖灵巧地一转，清脆的咀嚼声便填满了整间屋子。不出一刻钟，姥姥就把一盘活蹦乱跳的蚂蟥全变成了胃液的俘虏。我坐在姥姥膝盖上，眼睛望着房梁上落下的灰尘，双手却不由自主地挥舞起来，我说："姥姥嘴里的颜色真好看。"姥姥满足地"嗯"了一声，一面用满是黏液的手抚摸我的头发，一面如唱摇篮曲般念叨起来，"长生乖，长生真是我的乖孙子……"

这是我学前班时候的事，后来我的立场改变了，缘由在于一位远房姨妈。姨妈第一次来访是在雨天，那天姥姥进城去了，我一个人坐在黄梨木太师椅上，姨妈把伞搁在面盆里，雨水在她的脸颊上流淌。她瞥了我一眼说："就你一个人吗，死老太婆哪里去了？"她噘嘴的模样很可爱，我笑了起来，她忽然瞪着我说："笑什么，我是你姨妈。"我脑海中的家族谱原本很简洁，起先是我姥姥，衔接我和姥姥的则是我的母亲。后来得知多了一位姨妈，我就把她添到了母亲旁边。姨妈在屋里坐了片刻，我讲起姥姥吃蚂蟥的场景，她带着一副作呕的表情扭过了脸，她说："死老太婆不得好死，恶心得要命。"那天姨妈走得很仓促，说是既然带了伞，就得赶着雨停前回去，否则伞会变成负担。

我一觉睡醒的时候，长庚星已爬上了天空。我叫了姥姥一声，灶间里传出了嘶哑的回应。姥姥说："来吃饭吧，你做了一个好长的梦。"那时候我温顺的秉性还没被姨妈磨尽，于是我套上姥姥手缝的拖鞋，迅速地抵达饭桌。吃饭的时候，我告诉姥姥，下午有个远房的姨妈来看我们。姥姥愣了一下，说："你哪有什么姨妈，做梦做昏了吧。"我不敢反驳，更不敢提起姨妈那些煽动我背叛姥姥的话，只好默不作声，把干瘪的饭粒塞满口腔。然而我并不相信姨妈只是我梦里的一个道具，她的笑声清澈动人，乳色连衣裙笼罩的身影清晰地耸立在我的大脑里，那种真切绝非梦能营造的。

　　直到第二次见到姨妈，我的迷惑才稍微宽解。那一年我刚念小学三年级，放学时我踢着石头跑出校门，猛然看见了那个自称是我姨妈的女人，她仍旧穿着那件一尘不染的乳色衣裙，时隔三四年，竟不见任何变化。她调皮地冲我一笑，说："还记得我吗，长生。"我猛烈地点头，像一个濒临毁坏的弹簧，我说："是你呀，姨妈。"她仿佛很高兴，笑容里渗透出一股凤仙花的气息。

　　我们沿着铺满碎石和黄沙的小路走回家，姨妈走得很慢，鞋跟在黄沙里烙出齐整的斑纹。从前我总是抱怨学校和姥姥家的距离远，但走在姨妈身边，每一步都变得弥足珍贵。后来，我给姨妈讲了我的事。

　　我的母亲在村子的另一头做裁缝，因为手艺巧夺天工，所以每天有各种人慕名而来请她做衣服，母亲太忙了，于是我从小就和姥姥一起生活。母亲偶尔也会来看望我们，据姥姥说她还会带很多钱来，多得我们祖孙一辈子都用不完，但我不信那是真的，否则姥姥不至于这么大年纪还出去捡烟头卖。从我记忆的起点算起，我见过母亲四次，她总是端正地坐在桌边，偶尔开口和姥姥讲两三句话。姥姥说我体内的血液是母亲注射给我的，但不知道为什么，母亲冰雕般的脸总让我不寒而栗。

"姨妈，你认识我母亲吗?"我把脸转向姨妈，她比我高两个头，瘦得像根扁担。

姨妈撇撇嘴说:"见过吧,一脸不得善终的命。"我喜欢姨妈,她把任何话都说得轻巧而恶毒,而她的美丽却纹丝不改。然而侮辱一个孩子的母亲总是不对的,姨妈内疚似的转移了话题,她说:"你姥姥现在还吃蚂蟥吗?"

"吃的,吃得更凶了。"我不禁拿手做了比划。

姨妈像是被我的动作逗乐了,她抓起一把泥土放进我手里说:"下次加点这个,噎死那个死老太婆。"

我用双手玩弄着泥土,陪着姨妈笑了起来,并尽量使自己笑的方式接近她。等两段热烈的笑声在冷空气里重归寂静的时候,我的勇气窜了上来,"姨妈,我想问你一个问题,但怕你生气。"

"什么?"

"姥姥说我没有姨妈,她也根本不认识你,她说你只是我的一个梦而已。这是真的吗?"

在我的期待里,姨妈应该佯装愤怒地跳起来,大声斥责姥姥的糊涂,并添上一些恶毒的诅咒,使得她的表述听上去更痛快;或者她应该把我推倒在沙堆里,骂我没良心、神经病,等我灰头土脸地爬起来后,她拍拍我的肩膀以示原谅,接着我们火速赶回家当着姥姥的面把一切说清楚。只是现实并未按照我的任何一条思路运行,姨妈平静地把她的手伸给我,我捧起了它。姨妈的手轻灵而多愁善感,皮肤底下是几条闪烁着的青灰色静脉,我把它贴在脸上,那种面颊焚烧的感觉是如此真切感人,我险些哭起来。

此后,生活照旧如流水线般延续,唯一的区别是我经常能见到姨妈。姨妈每次都突如其来地进入我的视线,她向我挥手,微露的粉色牙龈扣人心弦。她讲给我听许多故事,有外面听来的,也有切实地在这个家庭里发生过的,我便在各种难以置信中又长了几岁。

我最终向姥姥暴露了姨妈的事,在一次姥姥吃蚂蟥的时候。那时的我已深受姨妈的感染,我跑到姥姥面前,"砰"的一声打碎了装蚂蟥的海碗。我端详着姥姥,她眼窝深陷,大脸盘上洒满了青色色斑,咂嘴时满脸皱纹都放肆地蠕动,若不是她嗫嚅着喊出我的名字,我根本无法说服自己:她就是我的姥姥。

"长生,我知道啦,你被梦魇迷住了。"

我被自己的冲动震慑了,连姥姥过来拉我时都忘记了躲避。"长生,你妈妈是没有姐妹的,我怎么可能不知道。"姥姥嘿嘿笑了起来,"你没有姨妈呀,以前我就跟你讲过,你自己好好想一想,梦里的那个东西究竟是不是个人……"姥姥喋喋不休地说着话,等我空白的大脑重新切入现实生活时,发现自己已经被姥姥绑在木床上了。

后来,我没有再去上学,姨妈也许久不曾露面。姥姥尽管残暴地用绳子固定住我,但并未对我施加任何虐待,她修改了往常的日程表,匀调出更多的时间来照顾我,每天悉心喂我三餐与药剂,姥姥总是说:"梦呀,毕竟是梦,长生乖,吃完药就好了。"

在姥姥的引导下,我强迫大脑冲淡了我与姨妈的感情。我不断回忆那个穿乳色衣裙的女人,她爽朗、明快,甚至拥有一定的体温,但她终究只是个梦,因为我发现了她的漏洞。她有时刚毅如男子,有时温和如一池载了鸳鸯的春水;有时长着粗壮的眉眼,有时眼睛小得仿佛不愿观看这个世界,一个真实的人怎么可能如此诡怪多变? 如果不是因为那件不变的长裙,可能我根本无法辨认她的身份。何况,除了我之外,没有任何人见过她。我原以为自己已悟通一切、躲过了梦魇的追捕,谁知道,这一切又随着姨妈的出现而改变。

姨妈出现的那天,姥姥恰巧外出捉蚂蟥去了。姨妈跨过门槛,略带惊诧地说:"哟,怎么被绑起来了?"再一次看到她,我心里莫名其妙地涌起一阵欣喜,身体却战栗起来,我竭力放大音量,对着她喊道:"你不是我姨妈,你是个骗人的梦。"姨妈没理会我,满脸心疼地替我解开绳子,"死老太婆真可恶,竟然这样对你。你看,你身上的绳子解开了,疼痛也缓和了吧,如果我只在你的梦里,又怎能解除你现实中的疼痛呢?"

我一时不知所措,不知道该如何选择自己的阵营,倒是姨妈大方地对我说:"你看见的既不是真实的我,也不是你的梦,我确实是存在的。你知道五里外那座山吗?我就躺在山顶的泥土里。"姨妈替我洗干净伤口,一边断断续续地告诉我那座山的具体位置,好让我有机会就去找她。姨妈在泥土里已躺了好些年,因为她皮肤特别白,所以埋她的那圈土也被染白了,只要爬到山顶,一眼就能认出来。

姨妈俯身拾起剪断的绳子,绳子上烙满血迹,姨妈皱皱眉,随手把它扔到檐廊外,姨妈说:"我先走了,你到时候来山顶看,我不骗你的。"

太阳以极其缓慢的速度蛙泳到天边时,姥姥还没有回家,我独自在房间里来回行走,地板被我踩得不断晃动。我在这所房子里生活了好多年,骨骼、面目,甚至胡须都在日夜生长,但就在此时,我在房间里闻到一股疏远而虚幻的气息,仿佛理应容纳我的是另外一个地方。我穿上了久违的帆布鞋,趁姥姥的视野还未侵犯到我的自由,我一溜烟窜出了家门。我原本想去看望我的母亲,但不知道为什么,最后却走上了姨妈讲过的那条山路。

我生长在农村,山路是经常走的,所以不多时就寻到了姨妈讲的那座山。走了将近半小时,山顶处隐约闪动的人影落入我的目光,恍如已经看到山顶那圈白如梨花的泥土,我的心脏比往日更猛烈地跃动起来。我愈发用力地爬起山来,不知过了多久,山顶那人影竟已来到我的面前。

"姥姥,你怎么在这里?"我几乎是用颤抖的目光辨认出眼前的这张脸。

"抓蚂蟥,这座山上的特别好吃。"

"⋯⋯"

"你呢?"

"找我姨妈。"这句话是以一个耳光声为终止的,挨打的当然是我。

沉默片刻,姥姥叹气说,"你这孩子真是无药可救了,过两天你妈来,叫她把你带回去治。"

我不记得自己是怎样熬过这两天的,但无论如何,母亲终究是来了。母亲套着一身翡翠绿的缎面衣衫,前额梳得发光,嘴唇涂成洋红色。她像尽了各种令人发指或招人艳羡的角色,唯独不像一个母亲。姥姥扶着门槛,一脸慵懒地看着母亲的高跟鞋踩进屋。

姥姥说:"路上累不累?"

母亲仍像从前般冷酷,面孔上从无笑意,"就几步路,怎么累?"

"歇一歇,有事跟你说。"

"什么事?"

"长生生病了,病得不轻呀。"姥姥说着,看了我一眼,目光里蜷缩着一种狡黠而害怕的情感。

"长生?"母亲微张着嘴,疑惑便从她的口腔里溢了出来,"长生是谁?"

"你儿子呀,你怎么忘了?"

"妈,你老糊涂啦,我们村这十年里,根本没有任何男丁呀。"

姥姥瞪大了眼睛,暗红的瞳孔像两颗生荔枝。母亲从热水壶里倒出一碗水,边啜着边缓缓地说:"妈,您怎么啦? 不会是,给梦魇迷住了吧?"

山
寺

从前有座山，山上有座庙，庙里有两个和尚，一个老和尚与一个小和尚。

这是小和尚在深山里生活的第三年。三年前，老和尚去山脊的沼泽地里寻药，发现葡萄藤交织起的天罗地网里，蜷缩着一团黑影。老和尚大为惊讶，立刻把脸塞在草丛里，一面捡起身边的石子砸向黑影，然而黑影一声不吭。这时候，老和尚才敢蹑手蹑脚地走过去，于是昏迷的黑影遇到了救星。重新回归命运轨道的他，成了小和尚。

对于自己存于这座山寺里的原因，小和尚只知道那么多，全部是从老和尚那里听来的。老和尚还说，三年前他发现小和尚时，小和尚还是个蓄着长发的俗家少年，身体四周堆满了老和尚扔过去的石子。老和尚是个崇尚浪漫主义的人，当时他把小和尚想象成一块被过滤掉疼痛与情感的废橡胶，但当看见小和尚长着一张人脸的时候，他不得不出于人道主义把小和尚运回了山寺。

老和尚讲的这些话，小和尚一直半信半疑，因为他失去了记忆，没有办法去证明这一切是非。

"师傅，多讲一些呀。"小和尚听得意犹未尽。这也难怪，三年前那个秋高气爽的清晨，小和尚摆脱了昏迷状态，胆怯而兴奋地钻出被褥——这就是他记忆的起点，此外发生过的事，比如他小时候更爱玩的是骑竹马还是放纸鸢？他上山之前是否跟家人打过招呼？父母究竟长得什么模样？这些他全部不记得了。人是非要靠着记忆才能证明自己的存在的，纪念碑的价值也正在于此。可是小和尚丢失了好几年的记忆,并且可能这辈子都寻不回来,他当然不甘心。

老和尚无奈地摊开手,小和尚遇见他之前的记忆,他又怎么会知道呢?

小和尚自然明白这一点,通常他只是悻悻地回到后院,用力往老和尚的僧衣上涂肥皂,然后拿清水冲干净,此事便告一段落。

直到有一天,小和尚对老和尚说,他要下山去寻找记忆。听到这个提议时,老和尚有些手足无措,面目里甚至渗出些愠怒的情绪。小和尚从未见过老和尚如此生气,吓得眼泪直掉下颌。老和尚顿时后悔,为了安抚小和尚,他给小和尚讲了一个故事。

故事是这样的——

从前有座山,从前有座山,山上有座庙,庙里有两个和尚,一个老和尚,还有一个失去记忆的小和尚,小和尚要下山寻找记忆,老和尚不让他去。

下山对和尚来说,其实并不算触犯戒规的事,然而老和尚在山寺里住了好多年,从未有过离开的念头。山僧不解数甲子,一叶落知天下秋。在深山里,时间是一种很玄妙的东西,寂寞也由此变得很漫长。老和尚算不清自己究竟在此住了多少年,他刚愎自用地认为,几百年总是有的吧。老和尚已经老得体无完肤了,小和尚却还小,耐不住好奇与寂寞。

小和尚千方百计地想要逃离山寺,去那充斥着人间烟火的市井,重新拥有家人与曾经的自己。一个寂寞的人一旦有了出逃的念头,他一定会无孔不入地搜寻机会,小和尚的选择是一个月朗星稀的夜晚。

小和尚换了一件深棕色的僧袍,为以防万一还戴上了雨笠。他推开檀香木制的门,踮起脚向四周张望。山寺的夜晚静谧如一排银针,草木棱角分明地伫立在各自的位置上。偶尔寂寞的空气开始按螺旋状旋转,那大致就成了风。风把远处知更鸟的呻吟送入小和尚的耳膜,让他有种不明所以的兴奋。

小和尚平日里总是日出而作、日落而息,几乎从未如此直白地感知山寺的夜晚。小和尚想,老和尚遵循的是同样的时间表,大约也不曾见过如此美的夜色吧。在这临别之夜,出于身体里还潜滋暗长着的童真,小和尚很替老和尚可惜。

小和尚弯腰系紧了草鞋,正准备跨出门口,忽然有一个佝偻的背影溜进了他的视线。正如那些暗自使坏的人被公之于众一般,小和尚全身的神经猛地震颤了一下。他定睛一看,那竟然是老和尚!

糟糕,原来自己的心思始终瞒不过老和尚。小和尚一边这样想,一边关门躲进了房间,但他忽然又意识到,老和尚刚才其实根本没有看到自己,他走得那么匆忙,像是要去别的地方。他究竟要去往何处呢?也许是初见的曼妙夜色给了小和尚勇气,他很快恢复了平静,并作出了一个更为大胆的决定:跟踪老和尚。

小和尚摘下雨笠,悄无声息地离开了房间,继而就像一罐黄油似的融化在深不可测的夜色里。由于年少气盛,他的步伐很快赶上了老和尚,为了不被老和尚察觉,他故意留下了几十米的间距。小和尚在山寺里生活了近三年,附近的山路基本上了如指掌,所以即便在这样的黑夜里行走,也毫无恐惧。

大约过了半个时辰,老和尚向一条支路拐去,小和尚本想紧随而去,但追踪到那支路路口时,记忆如磁铁般把他往后吸了几步。

往这条小径拐进去,不出一公里,鳞次栉比的墓碑就会映入眼帘。这是一块墓地,守墓人性情寡淡,整天戴了一副青铜面具。即使他伏案瞌睡的时候,见到他的人都会被吓得六神无主。小和尚曾在一个黄昏到过这里,绕梁三日的送葬哭声让他直发抖,回去后他把这场经历告诉了老和尚,当时老和尚的脸上皱出了毛骨悚然的神情。

小和尚停止了追踪,一团疑问油然而生:在这夜色稠如米胶的钟点,老和尚为何来墓地?

这个问题在此后的第二天就得到了解答。"可能是梦游吧,"老和尚一脸茫然地说,"早上醒来看见满脚是泥,想必就是梦游那回事吧。"

小和尚口头上勉强接受了这个解释,但面部肌肉还残留着恐惧,老和尚笑着向他招手,"不要多想啦,我给你讲个故事,放松一下。"

故事是这样的——

从前有座山,从前有座山,山上有座庙,庙里有两个和尚,一个老和尚,以及一个失去记忆的小和尚。小和尚对失忆这件事耿耿于怀,有一天夜晚他下山寻找记忆时,看见老和尚去了墓地。

由于记忆不灵敏的缘故,小和尚不知道自己是否曾见过死人,但几乎是与生俱来的,每次听到那样凄厉而修长的哭声,他总会胆战心惊。小和尚惧怕死亡,并以同样的方式惧怕着墓地。

老和尚仅用两个字解释自己半夜去墓地的缘故:梦游。小和尚虽然不敢正面质疑老和尚的说法,但不管怎样,他始终为此不安。小和尚决意调查此事。

小和尚把纸窗推开一条缝,转眼已入秋,梧桐叶经不起风吹,纷纷断了经脉落到院子里,加之这天晚上下着一层凉薄的雨,这副场景肃杀而悲壮。小和尚一面数落叶排遣无聊,一面静候老和尚的身影,倘若这一晚没有收获,他就在黎明时分告别这山寺,下山寻找记忆。

不出所料,老和尚在与上次相似的时辰出现了,他的脸颊异常僵硬,小和尚不禁打了个寒噤。按照计划,小和尚提起僧袍,悄然跟随老和尚而去,把孤独的山寺抛诸脑后。雨落在冒着热气的年轻躯体上,变成一股含有树籽味的清新剂,在这场雨夜的追踪里,小和尚感到一种不曾有过的活力,仿佛连自己体内鲜血汩汩流动的声音都感知得一清二楚。

步入了支路,小和尚深吸了一口气:墓地,果然又是墓地。进入墓地时,小和尚放慢了脚步。墓碑算不上高大,却正好可以挡住小和尚的身躯,他在诸多死者的纪念碑间,展开了游刃有余的步伐。

老和尚停在一排新坟前,手里不知何时多出一把铁锹。他并不知晓此时小和尚正缩在一块墓碑后,目不转睛地盯着他。老和尚照常掘开了一个葬尸的小土丘,把未寒的尸骨扯出泥土。小和尚为了防止自己喊出声,把拳头塞进了嘴里,他越来越慌乱,而恰好与他预料的一样,老和尚开始津津有味地咀嚼尸体。这时,他再也无法控制自己,"哇"地一声滚落在墓地潮湿的台阶上。

老和尚立刻放下手中残余的头盖骨,把脸转向小和尚,雨不断滴落在松枝上,像是要缓解这尴尬的沉默。老和尚走近小和尚,嘶哑而熟悉的声音响了起来,"你都看到了吧。"

小和尚全身像是瓦解了似的,无论是讲话还是逃跑,他都干不了。老和尚走到小和尚面前,为了让两张脸凑得更近,老和尚蹲了下来。他向小和尚投以一个微笑,牙齿上的尸浆闪烁着异样的光泽,他说:"你总是好奇自己的身世,现在总算要知道啦。"冷不丁地,老和尚朝小和尚抡起铁锹……

"本乃泥石身,何以长人心。"

小和尚的故事到此中断了,老和尚的故事却还没有结束。老和尚独自吃完了尸体,这几百年来,若不是凭借着这些新尸体内余留的人气,老和尚是活不下来的。但老和尚并没有走过去吃小和尚的尸体,原先小和尚死去的地方,如今只剩一团烂泥。

老和尚独自走完了来时的路,他甩了甩镶了金丝的长袖,甩不掉铺天盖地的孤独。

老和尚回到山寺的第一件事,就是走进藏经阁后的那道暗门。暗门后面有个仓库,过了一刻钟,老和尚抱着一个泥塑的小和尚,趾高气扬地跨出了暗门。小和尚虽是泥塑,但和之前那个长得一模一样,如果观察得够仔细,还可以发现泥塑小和尚背部刻着"083"这个编号。老和尚只消一用法术,编号083泥塑就能变成生龙活虎的小和尚……

从前有座山,山上有座庙,庙里有一个老和尚。老和尚在庙里住了很久,学会了法术,并靠着吸食尸体里残留的阳气活了好几百年,直到有一天他寂寞了,就造了一个泥塑小和尚。小和尚虽是泥塑的,却对自己的身世很感兴趣,还拥有人类的各种感情与品质,这些最终导致小和尚死于老和尚手下。反复几次,老和尚终于失望了,他做了好多个泥塑小和尚放在仓库里,每打死一个,就再变个新的。然而整整几百年,老和尚一如既往地孤独着。

这个故事到此结束了。

大一的时候,我坐在教室末排靠窗的位置,日光总把水壶投影成一个小型钟楼。我整天昏昏欲睡,耷拉着脑袋,时常有种一抬头自己便会灰飞烟灭的错觉。后来回忆起来,几乎所有的课程都因为乏味而被记忆抛弃,唯一印象深刻的,只有一门叫"眼睛学"的课程。

　　"自然是科学的首都,但你若足够细心,你会发现超自然的能量无处不在。它们与科学矛盾吗? 我本人认为,超自然能量反而更是抛给科学的一个诱饵。举个例子,大家认为我们的眼睛有什么功能……"老师是个五十出头的男人,在做了这样的开场白之后,他便把一些天方夜谭般的研究浇灌在我们的脑子里。他说,普通人用眼睛来观察世界,聪明人用眼睛来表达情感,然而眼睛还有很多隐秘的超自然功能,比如沟通时空,所以有时候人能亲眼看到过去或未来的事;再比如保护地球,因为人类目光产生的压力(他称之为"目光的光压")让外来种族无法靠近地球……他一字一句地讲述,下课铃响的那一秒把没讲完的话全部咽下,然后悄无声息地离开教室,从不与任何人讨论。他的理论就像一条变色水母,诡异却又光怪陆离,很多同学深受吸引。不过没有人信以为真,那些荒诞的理论,大概几千年后才能成真吧。

　　课上了大半学期,我才知道老师叫"张眦",性格奇怪受全校公认。他经常罢课,连续一个月坐在实验室里不出门。再后来,我又听说他极其不善言辞,讲课都是靠研究生事先替他写好演讲稿的。

以"张眦"为关键字,在脑子里搜寻了很久,终于跳出了这段两年前的记忆。两年前我总以为他是个偏离生活的人,独特但不可否认带着一种神经质。那时候我决计想不到,两年后他会卷入一场凶杀案。

死者是教导处的助理小赵,校长用尽手段也没有找到她的尸体,只是在学校的人造河里打捞出一个黑色布袋,袋子里装了小赵的衣物和鞋。校长摊手说:"没有尸体就表示可能还活着。"小赵的母亲撕着他的衣领,她因为长时间的哭泣已无法说话,干枯的脸上渗出浓稠的怨恨,像一片淋过酸雨的森林。

小赵的母亲是两天前报案的,她平时久居农村,与女儿的联系原本就不多,上次接到女儿电话大概是一个多月前的事了。由于思女心切,母亲特意托村里有见识的人帮忙拨通小赵的电话,可是一直无人接听。几次三番,母亲便起了疑心,当请去看望女儿的亲戚也音讯全无时,她终于忍不住了。她削了根成年的竹子做拐杖,穿上珍藏的蓝布鞋,一个人摸索到我们学校,可是谁也不知道小赵的消息。据教务处的同事说,小赵之前写纸条请了假,说老家有急事要回去一趟。这位农村出身的姑娘羞涩而沉默,人们原本就没太把她放在心上。

警方和学校联系后,校长立刻成立了协助调查的小组,当小赵的衣物呈现在众人眼前时,小赵的母亲早已哭湿了衣襟。她消耗了很大的勇气才平静下来,喃喃念叨着一个名字,说小赵从前提过这个人,他是个变态,总夸小赵眼睛漂亮。调查小组围着她问了很久,终于有个老师破解了她浓郁的乡音,恍然大悟道:"她是说张眦啊!"

连续好几天,张眦的名字辗转在每个人的口中。对于小赵母亲的指控，人们将信将疑，但对于发生在别人身上的事，大家总抱着幸灾乐祸的心态。只有校长一人肯替张眕开脱，说他尽管性格迥异，但绝不可能杀人。小赵的母亲不肯善罢甘休，非要张眕偿命，校长挡不过，最后只好大袖一挥说，他就在北楼实验室，近半年来一直在请假做科研，我陪你去见他一次吧。

为张眕的实验室贴封条的事，校长交给了我们学院。出于好奇，我自告奋勇去做了苦力。我揣着铜黄色的封条，辅导员走在前面，一边走一边给我们讲内部消息，"嘘，你们可别声张。"他摇了摇手指，缓缓讲起实验室门被打开的那一幕：那天下午，校长带小赵母亲来到这里，他敲了几次门都没人回应，找后勤来开门却发现门从里反锁了。本身就烦躁不堪的校长一怒之下令人砸开了门，眼前的情景让所有人瞠目结舌。原来屋里根本没人，只有满地眼珠在蠕动，其中既有标本也有仿真眼珠，大小各异，它们如初获自由的奴隶般兴奋地躺在地上。而张眕呢，已不知所终。

"那这事怎么办啊？"我怯生生地问辅导员。

"还能怎么办，"他撇撇嘴，"找张眕啊，找不到就随便了结了呗……来，你们先把这里打扫一下。"

墙上挂了张眕的获奖相片，相片里的张眕裹在一件白衬衫里，骨瘦如柴，双目微凸。虽然仍能辨认出他，但相比两年前教我们的时候，他的外表有了很大变化。不知道为什么，相片里的人让我毛骨悚然，想起他曾经讲过的那些关于眼睛的"美丽传说"，我瞬间不寒而栗。直到辅导员推了我一下，我才回过神来，他轻描淡写地继续清扫着房间，我却独自留在疑惑里不可自拔。

贴封条的那天,我做了一件违规的事。而让我整日胆战心惊的并不仅仅是这件事本身,更是它带来的后果——我偷偷拿了张眦的一本实验记录。

　　正如张眦张口结舌的表达能力一般,他的实验记录也写得很混乱,想必日后会有研究生替他整理。我连续三夜躲在被窝里研究,方才明白他想表达的东西。总而言之,实验所要验证的理论看起来很荒谬,很有张眦的个人风格。

　　有一天你早上醒来,粗糙地套上衣服,你端起刷牙工具准备为牙齿洗澡,可是你总觉得哪里不对劲。你改变了拿牙刷的方式,然后把脸凑近镜子,隔了几秒,你终于在眼睛里看到了昨夜掉落的睫毛。你听说泪水会把睫毛冲出眼眶,你无所谓谁最先提出这个观点,反正人都这么说。可是,难道你没有想过,可能眼泪本身就是一种溶剂?你的眼睛可能有消化物体的功能?张眦便是在这样的情况下,领悟到眼睛其实有消化功能的,并由此展开了一系列实验。

　　张眦最后一次做实验记录是三周前,纸张上染了一块褐色的斑纹,记录的内容是"真是可怕的神作,眼睛喜欢的味道"。在不久前还有一条,他写了很多数据分析,最后得出的结论是"美丽的眼睛并不功效卓越"。看到此处,我的心怦然一跃。我的直觉感到这和小赵的失踪有关,可是这串牵连里有着太多疑问,张眦为什么没有继续写报告,他去了哪里?如果畏罪潜逃,为什么门是从内侧反锁的呢?

　　小赵失踪的事在学校里翻滚了一个多星期,终于在一个传言中确信了这和张眦有关。由于摄像头的储存时间只有一个月,所以根据现存录像,无法证实小赵是否来过北楼,但有位保安挺身而出,证明他曾亲眼见到小赵进入张眦的实验室。天明时他换班了,对后来的事不知情。调查小组又询问了和他交接班的保安,那人一脸茫然,根本不明白发生了什么事。两人还说,张眦这段日子没有出过门,不过这并不奇怪,因为这对他而言很寻常。

好长一段时间,我困扰不堪。回想起张眦的相片、进门时的满地眼球,我不禁瑟瑟发抖,其中有种说不明白的诡异。我只好反复阅读他的实验记录,"美丽的眼睛"想必是说小赵的眼睛,他借助小赵的眼睛消化了某种东西,才得出这样的结论。那么"眼睛喜欢的味道"又是说什么呢?"可怕的神作"呢?

我坐在河边,烦躁不安地往水里扔石子,一边咬紧牙根,热烈地思索着整件事的来龙去脉。石头敲击水面时我忽然产生了一个奇怪的念头:小赵不肯配合,张眦只好杀了她用她的眼睛做实验,至于小赵的尸体,也许是被张眦的眼睛消化了,就像那些消失在湖面上的石头一样。我越想越觉得自己找对了方向,张眦从事这个研究,一定拿自己的眼睛做过实验,他的眼睛微凸,难道不是因为一直拿眼睛做实验吗?这样一来,照片上他古怪的外表也得到了解释。

如果,这一切都是真的……我失魂落魄地站起来,忽然有种难以言喻的伤感。张眦讲过那么多怪诞如《一千零一夜》的理论,博得过那么多的讶异和嘲讽,可是出人意料地,他居然端起没有任何人会相信的东西,把它变成了现实。

张眦最后究竟去了哪里,我想我明白了,在实验室地板上那堆凌乱的眼珠里，有一双是张眦的眼睛，它们刚消化完一具人体，觉得这种味道很美妙。接着，简直是顺理成章的，它们吃掉了张眦的身体。张眦就这样悄无声息地丧失了身体，成了荒谬世界中一篇最动人的童话。

天

台

我感到大脑里的神经正在互相撕咬。

我的弟弟坐在我旁边，两枚呆板的手指正转着一支晨光牌水笔。此刻是 3:04 p. m. ，距离弟弟离开我家还有五个小时，而往前推六个小时则能算出他抵达我家的时间。弟弟以这种方式存在于我的生活中已有好些天，他就像一块腥臭的大石头，原本明眸皓齿的时光由此变得郁郁寡欢。

我开始写这个故事的时候，弟弟面前躺着一张试卷，它卷面洁白但危机四伏。我不知道能写些什么，我打算翻开字典，抄一些奇怪的词语；或者中文里夹杂英文，写一篇混血的小说。并不是刻意造作，只是唯有用精神错乱才能表达我的绝望。

"喂，"弟弟是个奇瘦无比的十五岁少年，常年沉默不语如乖戾的眼镜蛇，也从不称呼我为"姐姐"。他怏怏地抬起头问，"这题怎么做？"

整个寒假，我便担任着这样一份职业：从早到晚给弟弟补课。弟弟今年初三，下次荷花盛放的季节，他就要被锁进一间狭隘的房间，和成千上万的人争夺高中的名额，所以这个寒假我不得不与他互动——他列出各门课不懂的题目，我照单全收给出答案。我对这份职业深恶痛绝，但我不能阻止自己在其中寻找乐趣。在我的意淫里，弟弟化身成一个势单力薄的远古将领，沦陷在一片题海的包围里，我则冷眼旁观，当我不忍心弟弟牺牲的时候，我就努力地教他做题目；当我不愿意他戴上胜利的皇冠时，我就故意教他错的方法。我不知道最终的结局是什么，能够确信的，只是无论我怎做,弟弟的压力都在增大,血量都在减少。

"怎么做?"他不耐烦地又讲了一遍,眉毛蹙成了一个结。我接过试卷,一眼扫过去,是道数学题:

小明是个初三学生,他从家里(A点)出发去姐姐家(B点)补课,说来也巧,姐姐家在他家的正东方,两者相距20 km,从自己家到姐姐家花掉了小明45分钟;正午12点,午餐把小明从苛酷的学习生活里拯救出来,姐姐带小明去商场的餐馆(C点)吃饭,该餐馆在小明家南偏东45度的位置,和姐姐的角度却是南偏东30度,两人前去的速度是15 m/s;长期的苦读让小明极其压抑,小明离开餐馆后说要去散心,独自去了位于商场北偏东45度的高楼,速度是8 m/s,那栋楼上有个负有盛名的天台花园(D点),据说美不胜收,此外,姐姐家和餐馆的中点与高楼连成一条水平直线。

P. s数据纯属虚构。

问题(1),不计小明上楼的时间,小明在路上一共花了多少时间?

冗长的题目唤起了我心中的烦躁,经过很长的一番张望,我才找到救星。我抓起手表对弟弟说:"你看,十二点了,我们先去吃午饭?"

弟弟脸上浮现出难得的愉悦,繁重的学习早已剥夺了他快乐的义务。弟弟说:"我要吃肯德基。"在得到我的同意之后,弟弟又得寸进尺地问:"我们下午能不能在肯德基里做卷子?"我厌恶公共场所,但出于好奇心,我问了他这样要求的理由。弟弟慢吞吞地理着书包,一边回答我:"那里会放音乐,难得做卷子的时候可以听歌,不行吗?"他的声音里透着一股慵懒,仿佛全世界在他眼里都索然无味,然而更细心地回味一下,还能发现声音里压抑着深邃的痛苦。我最终答应了他的要求,并非因为同情他沉重的学习负担,而是因为他和我一样痛苦。

我们坐地铁去肯德基,一路上,弟弟如往常沉默不语。我低头剥指甲,逮着空当便偷看他的脸色。弟弟长得很高,他的脸像被刷了厚厚的一层蜡黄色石膏,不肯透露出任何表情,我本来想问他一些学校的问题来套近乎,但却不敢问出口。在坐地铁的过程中,我的体内逐渐分泌出对弟弟的怜悯,因为我发现,当他不是我的"学生"的时候,他就变回了我的弟弟、纯粹的弟弟。

我带着他穿过出站口,他恍如一颗气球,没有目标也没有情感地跟着我。我告诉他,还有五分钟左右就能抵达肯德基,接着我们可以像野蛮人一样大吃大喝,吃得满嘴腥气以排遣烦闷。弟弟若有若无地应了一声,运动鞋机械地踏着地面,我忽然发现,弟弟的顽疾竟然如此之重。

我们缓慢地消灭了午餐———一个全家桶,我刻意吃得慢一些,这样能延迟补习的开始。可惜在不中断人生的情况下,灾难总是不可避免的,哪怕你再三地拖延。餐后,我接过试卷,在繁杂的题干里提炼出一切有用的信息,我教他作辅助线,在 A、B、C、D 四个字母的基础上又增加了 O、P、M、N,"我们分段来求,首先设 BM 为 X,通过 30 度角和 45 度角的转换列出方程,求得 X 的值之后便能表达 BC 的长度,也就是姐姐家到餐馆的距离……"弟弟呆滞的目光阻挠了我继续往下说的兴致,我憋着恼怒问他,"你到底在听吗?"

弟弟冷漠地瞥了我一眼，在恢复"老师"的身份之后，我变得非常易怒，仿佛稍有躁动就会火冒三丈自焚而死。我生硬地对他说："你别老是思想不集中，你们老师说了，你这种人性格诡怪脑子又笨，补课补到死也没用的。"

我说得太过分了，声带刚震动完毕，一种清晰的意识便浮现在我脑子里：我说得太过分了。这种情况很常见，你憋着满怀愤怒，发泄后却觉得很内疚。然而我内疚的第二个原因是，我没有胡说，我讲的是真话，我把老师跟家长说的赤裸裸的真话全部告诉了我弟弟。我仍记得叔叔婶婶讲这些话时无助的模样，弟弟生得晚，叔叔已经年近六旬，每次讲到弟弟的未来，叔叔都无法克制自己的咬牙切齿，怀着那种深厚的愤恨，他仿佛想要用铁棍把自己千疮百孔的人生戳得更破烂，一切死气沉沉，茂盛的只有绝望。

我和弟弟面对面坐着，周围的空气干燥而僵硬。弟弟忽然问我："你知道周围有个天台花园吗？"

"什么？"

"好像在什么楼的顶层。"

"平阳大楼那个吗？"

"大概，听说很多人喜欢去那里散步，有空了想去参观一下。"

我很感激他这样转移话题，我们不冷不热地继续聊了几句，我决心把话题转回试卷。我耐心地给他解说每一条辅助线的意义，循序渐进，最后得出 BC 的距离是 54.64 km，而 CD 是 33.46 km。弟弟费力地理解着，根据公式"时间＝距离/速度"，他算出小明在路上的时间是 10 525.3 秒，折合 175.42 分钟。我翻了翻答案，当发现弟弟算出的数值和答案如出一辙时，我们同时松了一口气。

弟弟进行了一次漫长的呼吸,结束后他说:"我不想再做数学了。"他说得很轻,仿佛已经精疲力竭。我从文件袋里找出了作业清单,我说:"那你写英文作文吧,寒假结束要交二十篇呢。"弟弟愣了愣,嗫嚅着嘴唇最后却什么都没说,我安慰他说:"你别嫌烦,所有人都是这么做的。"弟弟像是认同了似的,艰难地掀开作文本。

和补课的许多别的下午一样,这个下午消磨得很慢。我变换着方法催促,弟弟才肯多做一些作业。到黄昏时分,我们两人几乎都失去了意识,成了某种程度上的机械。我们走出肯德基,弟弟双手搭在双肩包带子上,仍是那副麻木不仁的表情。我给他指路说:"平阳大楼就在那个方向,你可以去走走看,这个时间会遇上很多刚吃完早晚餐出来散步的老年人呢。"弟弟没有回应我,而是僵直地走远了。

回到家已是晚上七点,索性今天弟弟不在我家吃晚饭,我拥有一段属于自己的时间。我仓促地吃完晚饭,准备打开电脑,迫不及待地扑入自己应有的生活。我本打算从包里找副耳机,结果发现弟弟有一部分作业忘记带走了。拿出来细看,其中还有中午做到一半的那份数学试卷。我随手翻了翻,忽然看到那道题还有第二小问:

问题(2),D楼高36层,每层高3米。小明不能忍受学习压力,最后从顶层的天台花园跳了下去,请问小明在路上总共用了多少时间。(g值取 9.8 m/s^2)

我情不自禁地举起铅笔算了起来,$h = 0.5 gt^2$,代入得出时间是 4.63 秒，于是小明总共用了 10 529.9 秒。

　　看着试卷，我的心怦怦直跳。所有的数字不安分地扭动起来，我千方百计想用某个贴切的比喻来表达这些数据的恐怖，但我的脑子不肯配合，怎么恳求它都只是一片空白。我只好不停地绞着手指，眼看着窗外支起的月亮，像年久失修的烟囱般苍茫地吐了一口气。

图书在版编目(CIP)数据

离魂记/三三著. 一上海:上海人民出版社,
2013

ISBN 978 - 7 - 208 - 11342 - 8

Ⅰ.①离… Ⅱ.①三… Ⅲ.①短篇小说-小说集-中
国-当代 Ⅳ.①I247.7

中国版本图书馆 CIP 数据核字(2013)第 062744 号

出 品 人 邵 敏
责任编辑 林 岚 陈 蔡 蔡艳菲
封面装帧 王好好

离魂记
三三 著

世纪出版集团
上海人 民 出 版 社出版
(200001 上海福建中路 193 号 www.ewen.cc)
世纪出版集团发行中心发行
启东市人民印刷有限公司印刷
开本 889×1194 1/32 印张 5.5 字数 130 千
2013 年 6 月第 1 版 2013 年 6 月第 1 次印刷
ISBN 978 - 7 - 208 - 11342 - 8/I · 1117